William Shakespeare

新译 **莎士比亚全集**

THE MERRY WIVES
OF WINDSOR

【英】威廉·莎士比亚——著

傅光明——译

温莎的快乐夫人

天津出版传媒集团
天津人民出版社

图书在版编目(CIP)数据

温莎的快乐夫人 /(英) 威廉·莎士比亚著 ; 傅光明译. -- 天津 : 天津人民出版社, 2022.9
(新译莎士比亚全集)
ISBN 978-7-201-18306-0

Ⅰ.①温… Ⅱ.①威…②傅… Ⅲ.①喜剧—剧本—英国—中世纪 Ⅳ.①I561.33

中国版本图书馆 CIP 数据核字(2022)第 097725 号

温莎的快乐夫人
WENSHA DE KUAILE FUREN

出　　版	天津人民出版社
出 版 人	刘　庆
地　　址	天津市和平区西康路 35 号康岳大厦
邮政编码	300051
邮购电话	(022)23332469
电子信箱	reader@tjrmcbs.com

责任编辑	伍绍东
特约编辑	李佳骐
装帧设计	李佳惠　汤　磊

印　　刷	河北鹏润印刷有限公司
经　　销	新华书店
开　　本	880 毫米×1230 毫米　1/32
印　　张	7.5
插　　页	5
字　　数	130 千字
版次印次	2022 年 9 月第 1 版　2022 年 9 月第 1 次印刷
定　　价	69.00 元

版权所有　侵权必究
图书如出现印装质量问题,请致电联系调换(022-23332469)

目　录

剧情提要 / 1

剧中人物 / 1

温莎的快乐夫人 / 1

《温莎的快乐夫人》：一部为女王而写的"狂想喜剧"　傅光明 / 195

剧情提要

在温莎镇佩奇家门前,乡村治安官罗伯特·沙洛要把约翰·福斯塔夫爵士告上"星法院",埃文斯牧师从中调解,并提出一门亲事,要沙洛的外甥斯兰德娶乔治·佩奇之女安妮·佩奇。

埃文斯牧师知道法国医生凯乌斯的管家桂克丽与安妮熟,便要斯兰德的仆人辛普尔给桂克丽带封信,请她出面提亲。凯乌斯也想向安妮提亲,听说辛普尔来请桂克丽提亲,大动肝火,立刻修书一封,要同埃文斯决斗,同时,要桂克丽帮他把安妮追到手。随后,桂克丽又答应芬顿,一定帮他追求安妮。

因为手头儿吃紧,福斯塔夫解雇了手下巴道夫,然后巴道夫在嘉德酒店当了酒保。在嘉德酒店里,福斯塔夫从福德夫人和佩奇夫人眼中瞧出"爱意",于是写好两封除了称谓外其他内容一字不差的求爱信,叫另外两个手下尼姆和皮斯托分别给两位夫人送去,遭到拒绝。福斯塔夫又解雇了尼姆和皮斯托。两人决定报复福斯塔夫,他俩找到佩奇和福德,把福斯塔夫要偷情的事说了。福德生怕被戴绿帽子,打算乔装打扮前去试探福斯塔夫,查明老婆是否贞洁。

佩奇夫人和福德夫人也要报复福斯塔夫。佩奇夫人提议跟他定个约会,先让他尝到甜头,引他上钩,再狠狠捉弄他。福德夫人表示只要不损贞洁,什么坏事都愿干。两人让桂克丽去送信,约福斯塔夫与福德夫人幽会。桂克丽前往嘉德酒店送信,约福斯塔夫十点到十一点间去幽会福德夫人。同时,她告诉福斯塔夫,佩奇夫人也对他有意。

此时,福德乔装成布鲁克,要福斯塔夫帮他把福德夫人搞到手。福斯塔夫说自己马上要与福德夫人幽会,福德一听,决心先下手,戳穿老婆,报复福斯塔夫,取笑佩奇。

在温莎某街道,佩奇夫人向福德打听夫人是否真在家里,这叫福德起了疑心。他打定主意,要抓住福斯塔夫,然后拷问老婆,扯下佩奇夫人假贞洁的面纱,叫佩奇自取其辱。

福德、佩奇两位夫人在福德家安排妥当,福斯塔夫如约前来。见到福德夫人,福斯塔夫淫心荡漾,表示巴不得她丈夫死掉,娶她为妻,还许愿说除了她,谁也不爱。佩奇夫人慌张跑来,福斯塔夫急忙藏身。福德带着温莎镇所有治安官和半个温莎镇的人赶回家,非要把老婆藏在家里的情人搜出来。福斯塔夫吓坏了,赶紧躲进洗衣筐。两个仆人按照事先吩咐,把筐抬出家门,丢进泰晤士河。福德搜遍每个角落,未见人影。佩奇、凯乌斯和埃文斯指责他不该猜疑妻子。两位夫人决定再次耍弄福斯塔夫。福德夫人要桂克丽送信,让福斯塔夫第二天早上八点来,好好补偿他。

另一边,斯兰德追求安妮得到佩奇认可,但佩奇夫人却向着凯乌斯。芬顿也爱安妮,但佩奇夫妇都看不上芬顿。芬顿却表示,自己会高举爱情战旗,绝不后退。桂克丽分别答应凯乌斯、斯兰德和芬顿,愿帮他们仨把安妮娶到手。

第二天一早,福斯塔夫在嘉德酒店喝着闷酒,桂克丽前来,先替福德夫人道歉,然后约他八点到九点来家。福斯塔夫爽快答应。

福德再次扮成布鲁克前来拜访。福斯塔夫告诉布鲁克,福德夫人约他马上去家里,这回一定能给福德戴绿帽子。福德发誓要捉住这个色鬼。福斯塔夫如约前来福德家,刚向福德夫人献殷勤,佩奇夫人门外一声惊呼,吓得他藏进卧室。原来,福德又耍起老把戏,带人前来搜家。两位夫人让福斯塔夫扮成福德最恨的女人的样子混出去,福德看见这个"女人",一顿短棒,打出家门。见福斯塔夫受了教训,两位夫人道出实情。

了解真相后,福德表示以后再不疑心夫人放荡。佩奇提议再设一局,当场捉住福斯塔夫,狠狠羞辱他。佩奇夫人提及猎人赫恩的传说,福德夫人出主意,叫福斯塔夫假扮赫恩,来橡树附近赴约。大家扮成众精灵突然冒出,用蜡烛烧他,再一起动手,掐他、拧他。

在嘉德酒店,福斯塔夫见桂克丽替两位夫人前来,一顿抱怨,但也答应桂克丽一定赴约,希望这回走运。福德第三次假扮成布鲁克,福斯塔夫让他深夜去赫恩橡树附近,那里将有奇迹发生,担保这回一定把福德老婆交给他。

佩奇叮嘱斯兰德,女儿安妮假扮小精灵,穿一身白衣服。佩奇夫人让凯乌斯瞧准机会,到时把穿一身绿的小精灵带走结婚。

钟敲十二下,午夜时分,在温莎公园,精灵们各就各位。福斯塔夫头戴两只鹿角扮成猎人赫恩,他刚要上前拥抱,福德夫人说佩奇夫人也来了。福斯塔夫觉得这是丘比特的额外补偿。一阵号角吓跑两位夫人。埃文斯假扮山羊怪,皮斯托扮成小妖,安妮扮作仙后,其他人扮成众精灵,头上顶着蜡烛,一起来了。福斯塔夫迷信,认定精灵干活儿时凡人不能看,他赶紧闭眼,俯卧在地。精灵们用蜡烛烧他手指尖儿,一边唱歌,一边掐他、拧他。这时,凯乌斯带走一绿衣小仙,斯兰德带走一白衣小仙,芬顿带走了安妮。

随着一阵打猎声,众精灵逃散。佩奇、福德夫妇说出全部实情。福斯塔夫怪心灵的罪恶感让他昏头,福德、佩奇夫妇宽恕了一切,与他握手言和。

斯兰德和凯乌斯带走结婚的是两个男孩子。芬顿和安妮向大家宣布,两个人已结婚。佩奇夫妇接受了这个女婿。

剧中人物

约翰·福斯塔夫爵士	Sir John Falstaff
芬顿 一绅士，与安妮相恋	Fenton A gentleman, in love with Anne Page
罗伯特·沙洛 一乡村治安官	Robert Shallow A country justice
亚伯拉罕·斯兰德牧师 沙洛的外甥	Master Abraham Slender Cousin to Shallow
弗兰克·福德、乔治·佩奇 住在温莎的二绅士	Frank Ford, George Page Two gentlemen dwelling at Windsor
威廉·佩奇 佩奇之子	William Page Son to Page
休·埃文斯教士 一威尔士人，教区牧师	Sir Hugh Evans a Welsh parson
凯乌斯医生 一法国籍医生	Doctor Caius A French physician
嘉德酒店老板	Host of the Carter Inn
巴道夫、皮斯托、尼姆 福斯塔夫的随从	Bardolph, Pistol, Nym Followers of Falstaff

罗宾 福斯塔夫的侍童	Robin Page to Falstaff
彼得·辛普尔 斯兰德的仆人	Peter Simple Servant to Slender
约翰·拉格比 凯乌斯医生的仆人	John Rugby Servant to Doctor Caius
爱丽丝·福德夫人	Mistress Alice Ford
玛格丽特·佩奇夫人	Mistress Margaret Page
安妮·佩奇 佩奇之女,与芬顿相恋	Anne Page Daughter to Page, in love with Fenton
桂克丽夫人 凯乌斯医生的管家	Mistress Quickly Housekeeper to Doctor Caius
福德、佩奇等人仆从	Servants to Page, Ford, etc
扮演精灵们的温莎儿童	Children of Windsor playing Fairies

地点

温莎及温莎城堡附近

温莎的快乐夫人

本书插图选自《莎士比亚戏剧集》(由查尔斯·奈特编辑,以喜剧、悲剧和历史剧三卷本形式,于1868年出版)。

第一幕

第一场

温莎①,佩奇家门前

(乡村治安官罗伯特·沙洛、亚伯拉罕·斯兰德及休·埃文斯牧师上。)

沙洛　　休牧师,不用劝我。我要把这案子告上"星法院"②。就算他是二十个约翰·福斯塔夫爵士,也不能欺辱乡绅③罗伯特·沙洛。

斯兰德　你还是格罗斯特郡的治安官和审判官④。

沙洛　　没错,斯兰德外甥,我还是掌管案卷的"首席审判官"。

---

① 温莎(Windsor):英国皇家行宫温莎城堡所在地,位于英格兰东南的伯克郡(Berkshire),在伦敦以西25英里处。该戏整个剧情发生在温莎,场景在街道、佩奇和福德两家、嘉德酒店、镇外野地及临近温莎城堡的大公园之间移动。

② "星法院"(Star Chamber):由国王枢密院大臣组成的法庭,从14世纪到17世纪初,为英国最高皇家法院,专审暴动、诽谤及讥讽恶评官吏等罪行,在都铎王朝时权势极大。1570年,伊丽莎白女王将上议院司法委员会独立为"星法院"。1641年废除。因其在威斯敏斯特宫一间室内开庭,屋顶饰有金色星图,故名"星法院"或"星室法院"。

③ 乡绅(armigero, i.e. esquire):原为拉丁文,地位介于绅士与爵士之间。

④ 审判官(coram):指出庭审案的法官之一。

斯兰德	对呀,还是管卷案①的"首席审判官"。牧师先生,他乃绅士出身,在一切诉状、担保文书、清债单据或契约上签名时,都要写上"乡绅"二字——"乡绅"。
沙洛	对,我就这么写的,三百年家传一贯如此②。
斯兰德	他全部子孙——走他头里的——就这么写的,他所有先人——跟他后面的——也都这么写。③他们能把纹章拿给你看,上面有十二条梭子鱼④。
沙洛	那是个老纹章。
埃文斯	一打白虱子正好配一件旧外套⑤。抬起右前爪向前走,合适极了。这种活物跟人混得烂熟,象征——友爱。
沙洛	梭子鱼是淡水鱼,旧外套是咸水鱼⑥。

---

① 斯兰德喜欢卖弄,却常出错,闹笑话。此处将"掌管案卷"说成"管卷案"。
② 指其乡绅世家已有三百年历史。
③ 原文为"All his successors—gone before him—hath done't, and all his ancestors—that come after him—may"。此处为斯兰德的调侃说法。
④ 梭子鱼(luces):俗称白斑狗鱼。有学者考证,此语暗讽沃里克郡查莱克特(Charlecote)庄园的托马斯·路西爵士(Sir Thomas Lucy),其家族盾徽图案是三条银白色的梭子鱼。相传少年莎士比亚曾因擅闯其鹿苑偷猎,遭其惩罚。
⑤ 梭子鱼与虱子(louses)读音相近,埃文斯把两者弄混。"coat of arms"(纹章)中之"coat"有"上衣外套"的双关意。
⑥ 沙洛取笑埃文斯的威尔士发音,把"coat"(纹章)说成"cod"(鳕鱼)。

斯兰德	舅舅,我能借它光做我纹章的四分之一①吗?
沙洛	您结了婚,就能。
埃文斯	假如他切成四份,那可就毁了。②
沙洛	一点儿不会。
埃文斯	以圣母马利亚起誓,会。他若把您的外套切走四分之一,我简单一算,那您自己只剩下三块衣襟。不过也无所谓。倘若约翰·福斯塔夫爵士对您有所冒犯,我是教会的人,乐意相帮,从中调解,叫你们达成妥协。
沙洛	我要让枢密院③听听,那是一场骚乱。
埃文斯	让枢密院④听审一起骚乱不妥。骚乱乃不敬桑帝⑤之举。枢密院,您留心,要听怎么敬畏桑帝⑥,不想听一起骚乱。您可得考漏⑦好喽。
沙洛	哈!以我的性命起誓,我若再年轻一回,一

---

① 做纹章的四分之一(quarter):纹章学术语,原指男人结婚之后,可将妻子家的纹章放进自己的家族纹章,在纹章图案中占四分之一。

② 埃文斯没听懂斯兰德的话,误以为要切割纹章一分为四。

③ 枢密院(the Council):即"国王枢密院"(King's privy Council),历史上也称"国王议会"。沙洛的言外之意是,要让国王也听一听。

④ 梁实秋将此译为"宗教会议",认为是埃文斯在此将沙洛上句所说"枢密院"(Council)误解成"宗教会议"。

⑤ 桑帝(Got):即上帝(God)。埃文斯发音常把"d"说成"t"。

⑥ 参见《旧约·创世记》20:11:"亚伯拉罕回答:'我以为这地方的人都不敬畏上帝,他们会为了要夺走我的妻子杀死我。'"

⑦ 考漏(vizaments):此为埃文斯的误用词,他要表达的是"考虑"(advisements)。

	定用剑来了断。
埃文斯	和为贵,别动粗,比用剑好。我老子①里还有个计划,八成能弄成个好结果。——有位安妮·佩奇,乔治·佩奇先生之女,一个漂亮姑娘。
斯兰德	安妮·佩奇小姐!一头棕发,说话尖嗓门儿,像个老娘们儿。
埃文斯	满世界懒找辣么一位②,刚好是您想要的。她爷爷临死前,——愿桑帝叫他获得快乐的复活!——留下七百镑钱,还有金子和银子,等她年满十七岁,全都归她。介是个好主意③,咱们不如把拌嘴和吵闹搁一边,想办法叫亚伯拉罕先生和安妮·佩奇小姐成亲。
斯兰德	她爷爷给她留了七百镑?
埃文斯	对,她父亲还会添一笔钱。
斯兰德	我认识这位年轻小姐,她很有天资。
埃文斯	七百镑,再指望点别的,她很有天支④。
沙洛	那好,咱们去见一下可敬的佩奇先生。福斯塔夫在那儿吗?

---

① 老子(prain):埃文斯将"brain"(脑子)说成"prain",意即"我脑子里"。
② 即满世界难找么一位。埃文斯说话咬音不准。
③ 即这是个好主意。
④ 埃文斯口齿不清,把"good gifts"(天资)说成"goot gifts"(天支)。

埃文斯	我能骗您吗？我瞧不起撒谎的人，如同我瞧不起虚伪的人，又像我瞧不起不实诚的人。那位骑士，约翰爵士，在那儿，我恳求您，要听命于好心之人。我来撬①佩奇先生的门。(敲门。)喂！嗨！桑帝保六您这一家！②
佩奇	谁啊？(在内问话，后上。)
埃文斯	这是桑帝的四福③，有您的朋友，有沙洛治安官，还有年轻的斯兰德先生，若您听了顺意，再跟您说点别的事。
佩奇	很高兴见各位大人都好。沙洛先生，谢谢您送我鹿肉。
沙洛	佩奇先生，见到您很高兴。愿您好心有好报。原指望您那份鹿肉能好些，可惜宰杀得不熟练④。——佩奇夫人可好？——我一向真心感谢您，是啦！——凭真心。
佩奇	先生，我谢谢您。
沙洛	先生，我谢谢您。实打实的⑤，要谢。

---

① 撬(peat)：埃文斯将"beat"(敲)说成"peat"，为凸显妙趣，以中文的"撬"与之对应。
② 即上帝保佑您这一家！
③ 即这是上帝的赐福。
④ 宰杀得不熟练(ill killed)：此处另有释义，在梁实秋译本中，暗指这头鹿为(福斯塔夫)非法狩猎致死。
⑤ 实打实的(by yea and no)：还可译为"千真万确""一点不假""凭良心说"等。语出《新约·马太福音》5:37："是，就说是；不是，就说不是。"

佩奇　　　高兴见到您,好心的斯兰德先生。

斯兰德　　先生,您那条淡棕色赛狗可好?听说它在科茨沃赛狗场①跑输了。

佩奇　　　输赢难定,先生。

斯兰德　　您还不承认,不认输。

沙洛　　　不能认输。——(旁白。向斯兰德。)你的错,你的错。②——(向佩奇。)那是一条好狗。

佩奇　　　一条杂狗③,先生。

沙洛　　　先生,它是条好狗,一条漂亮的狗,还能说什么?它又好又漂亮。——约翰·福斯塔夫爵士在这儿吗?

佩奇　　　先生,他在里面。但愿我能为二位效劳。

埃文斯　　这话才是基督徒该说的。

沙洛　　　佩奇先生,他冒犯我了。

佩奇　　　先生,他多少也认了错。

沙洛　　　认了错,也不算完。佩奇先生,不是这样吗?他冒犯了我,真的冒犯了。——一句话,冒犯了。——相信我,乡绅罗伯特·沙洛说,他受了冒犯。

---

① 科茨沃赛狗场(Cotsall):位于英格兰中部、莎士比亚家乡附近格罗斯特郡(Gloucestershire)科茨沃尔德丘陵(Cotswold hills)的赛狗场。旧时每年在此举行赛狗比赛。

② 意即斯兰德不该取笑佩奇的赛狗输了比赛。

③ 一条杂狗(A cur):佩奇先生的赛狗不是纯种狗。

佩奇	约翰爵士来了。

（福斯塔夫、巴道夫、尼姆与皮斯托上。）

福斯塔夫	喂,沙洛先生,——您要把我告到国王那儿?
沙洛	骑士,您打了我的人,杀了我的鹿,闯进我的小屋①。
福斯塔夫	但可曾吻过您那猎场看守人的女儿?
沙洛	哼,少废话!这笔账非算不可。
福斯塔夫	我马上算。这些都是我干的。——这下算清了。
沙洛	要让枢密院知道这事。
福斯塔夫	最好私底下去告发,人家会笑话您的。
埃文斯	"少说为妙"②,约翰爵士,捡好话说。
福斯塔夫	捡好话说!捡好菜吃。③——斯兰德,我打伤了您的头。您拿什么理由跟我作对?
斯兰德	以圣母马利亚起誓,爵士,我脑子里跟您作对的都是要紧事④,还要跟您那几个行骗的流氓,巴道夫、尼姆、皮斯托,对着干。他们带我去酒馆,把我灌醉,随手掏我钱袋。

---

① 小屋(lodge):猎场看守人住的小屋。

② "少说为妙"(Pauca verba):原为拉丁文。

③ 福斯塔夫嘲笑埃文斯发音不准,上句中,埃文斯把"good words"(好话)说成"goot worts"(好菜)。

④ 要紧事(matter):斯兰德在此把福斯塔夫上句的"告发理由"转化为"要紧事",意即我脑子里有笔账要跟您算。

巴道夫	您这片班伯里干酪①!
斯兰德	对,那不打紧。
皮斯托	怎么样,墨菲斯托菲勒斯②!
斯兰德	对,那不打紧。
尼姆	切了③,我说!简单说,简单说,依我的脾气,就切了。
斯兰德	我的仆人辛普尔在哪儿?——舅舅,您知道吗?
埃文斯	我请你们,安静④。——眼下咱们得弄清,按我理解,这案子要有三个仲裁人,那便是,佩奇先生,——"奏是"⑤佩奇先生,——还有我,——"奏是"我自己,——还有第三位,——最末了一位,——我的嘉德酒店老板。
佩奇	咱们仨听一下,替他们做个了断。

---

① 班伯里干酪(Banbury cheese):班伯里为牛津郡(Oxfordshire)一集镇,以产一种薄的干奶酪闻名。斯兰德(Slender)名字的字义是"苗条""修长",且长得身形单薄,故巴道夫以"班伯里干酪"讥笑他。

② 墨菲斯托菲勒斯(Mephistophilus):简称"梅菲斯特"或"靡菲斯特",即克里斯托弗·马洛(Christopher Marlowe,1564—1593)戏剧《浮士德博士》(*Doctor Faustus*)中的魔鬼。在此为皮斯托随口引用。

③ 尼姆威胁斯兰德,意即拿起剑把他像班伯里干酪一样切成薄片。

④ 安静(peace):在《圣经》中,神叫人安静。参见《新约·哥林多前书》14:33:"上帝不叫人混乱,只叫人安静。"

⑤ "奏是"(fidelicet):埃文斯故意拽文,用拉丁语说"就是"(videlicet),结果没咬准发音。

埃文斯	灰常耗！①我得在笔记本上臭合②记一下,然后再尽咱们巨大所能地谨慎处理这个案子。
福斯塔夫	皮斯托！
皮斯托	他两耳在听。
埃文斯	魔鬼和他老娘！③这是什么话？他耳朵在听？哎呀,也就装装样子。
福斯塔夫	皮斯托,您掏了斯兰德先生的钱袋？
斯兰德	对,以我这双手套起誓,他偷了,——他若没偷,愿我永不再踏进自家门厅。——偷了我七个带边纹的六便士格罗特银币,还有两枚爱德华朝代滚钱游戏中用的一先令硬币④,那可是我以每枚两先令两便士,从爱德·米勒那儿买来的,以这双手套为凭。
福斯塔夫	皮斯托,说得对吗？
埃文斯	不。他若是扒手,就不是老实人。
皮斯托	哈,你这个山地蛮子⑤！——约翰爵士,我的

---

① 灰常耗(fery goot)：即"very good"(非常好)。
② 臭合(prief)：埃文斯想说"brief"(凑合)。
③ 原文为"The tevil and his tam"。埃文斯又发错音,应为"The devil and his dam"。诅咒或骂人的话,意即见他娘的鬼！
④ 爱德华六世(1547年至1553年在位)统治时铸造的用于滚钱游戏的一先令硬币。
⑤ 山地蛮子(mountain-foreigner)：埃文斯是威尔士人,皮斯托侮辱他是山地来的蛮子。

	主人，我要向这把比尔博软铜剑①挑战决斗。——（向埃文斯。）你两片嘴唇里都是反话！反话！——你这个泡沫、浮渣②，大骗子！
斯兰德	凭这双手套起誓，没说的，就是他。
尼姆	想仔细喽，先生，说话要留余地。您若像个治安官似的要把我当扒手弄走，那我得对您说别多管闲事。这就是我定的调子。
斯兰德	凭这顶帽子起誓，没说的，是那个红脸汉③偷的。虽说我被你们灌醉了，啥也不记得，可我毕竟不是一头笨驴。
福斯塔夫	您怎么说，斯卡利特和约翰④？
巴道夫	哎呀，先生，照我说，我就说，这位绅士喝醉了，把五种感官都喝丢了。——
埃文斯	是五种知觉⑤。呸，愚昧透顶！

---

① 比尔博软铜剑(latten bilbo)：比尔博(Bilbo)为西班牙一城镇，所产宝剑以剑身柔韧闻名。因斯兰德身形单薄显柔弱，皮斯托故意以"比尔博软铜剑"代指。

② 泡沫、浮渣(froth and scum)：朱生豪译为"你这不中用的人渣"，梁实秋译为"人类的渣滓"，彭镜禧译为"烂人渣"。

③ 巴道夫嗜酒，酒糟鼻子赤红脸，故此称之"红脸汉"。

④ 斯卡利特和约翰(Scarlet and John)：威尔·斯卡利特(Will Scarlet)和小约翰(Little John)是传说中绿林英雄罗宾汉的两个伙伴。斯卡利特(Scarlet)英文单词义为"猩红""赤红"，福斯塔夫以此代称巴道夫。意即您怎么说，赤脸约翰？

⑤ 埃文斯笑话巴道夫把"知觉"说成"感官"，纯属愚昧无知。朱生豪译为"喝昏了胆子"，梁实秋译为"丧失了他的五官"，彭镜禧译为"喝得人事不省"。

巴道夫	喝成一个醉鬼,先生,他就,按人们说的,被赶出酒馆。所以,发生了什么,他满嘴跑马,瞎扯一通。
斯兰德	对,您那时还说了拉丁语。但这不算什么。这回受了骗,只要我活着,再也不喝醉了,除非有实诚、有礼貌、虔敬上帝的朋友。哪怕醉了,我要跟那些敬畏上帝之人一起醉,不跟酒鬼无赖。
埃文斯	愿桑帝裁判我,此乃贤德之意。
福斯塔夫	诸位先生,你们听,这些事所有人都矢口否认。你们听到了。

(安妮·佩奇携酒上;福德夫人与佩奇夫人同上。)

佩奇	不,女儿,把酒拿进去。我们在里面喝。(安妮下。)
斯兰德	(旁白。)啊,上天!这是安妮·佩奇小姐!
佩奇	怎么样,福德夫人?
福斯塔夫	福德夫人,以我的信仰起誓,与您相见,不胜荣幸。请恕冒昧,好心的夫人。(吻她。)
佩奇	老婆,招呼好这几位先生。——来,咱们的晚餐是一块热乎乎的鹿肉馅饼。来,诸位,希望咱们把一切怨恨都喝掉。(除沙洛、斯兰德与埃文斯,均下。)
斯兰德	我宁可不要四十先令,也愿手头有本《情

诗集》①。

（辛普尔②上。）

斯兰德　喂,辛普尔,您去哪儿了?我非得自己服侍自己,是吗?您手头可有《猜谜大全》,有吗?

辛普尔　《猜谜大全》?咦,您不是在上一个万圣节,也就是米迦勒节的头半个月,把它借给爱丽丝·绍特凯克③了吗?

沙洛　来,外甥。来,外甥。我们在等你。跟你说句话,外甥。以圣母马利亚起誓,这么回事,外甥,这个,休牧师,有个提议④,一种提议,拐着弯说出来的。您懂我意思吗?

斯兰德　懂,先生,您会发现我通情达理。只要合情理,凡情理中的事我都会做。

沙洛　不,得懂我意思。

斯兰德　我懂了,先生。

埃文斯　斯兰德先生,请留心听他的建议。您要是弄

---

①《情诗集》(Songs and Sonnets)：一部情爱诗集,亦称《陶特尔杂集》(Tottel's Miscellany),1557年由理查·陶特尔(Richard Tottel)出版,流行一时。斯兰德愿手头有这本《情诗集》,可用来向佩奇小姐献殷勤。

②辛普尔(Simple)：英文单词义为"简单""愚蠢"。

③绍特凯克(Shortcake)：英文单词义为"油酥饼"。朱生豪译为"矮饽饽爱丽丝",梁实秋译为"爱丽丝油酥饼",彭镜禧译为"邵凯家的艾丽斯"。万圣节(Allhallowmas),每年11月1日。米迦勒节(Michaelmas),即圣米迦勒节(Saint Michaelmas),每年9月29日。辛普尔在此把两个日期弄颠倒了。

④指提亲之事。

	懂了,我把这事说给您听。
斯兰德	不,沙洛舅舅怎么说,我就怎么做。请您原谅,他是当地的治安官,那就像我站在这里一样铁定无疑。
埃文斯	那个不是问题。问题是有关您的婚事。
沙洛	对,重点在这儿,先生。
埃文斯	以圣母马利亚起誓,是的,关键点在这儿,——娶安妮·佩奇小姐的事。
斯兰德	噢,如果这样,但凡要求合理,我就娶她。
埃文斯	可您能爱这女人吗?我们非得听您亲口或从您双唇里说出来。因为,各式各样的哲学家都认定,双唇是嘴的一部分。因此,说白了,您能对这位小姐动情①吗?
沙洛	亚伯拉罕·斯兰德外甥,您能爱她吗?
斯兰德	我希望,先生,我能做一个懂情理之人该做的事。
埃文斯	不,桑帝的爵爷及其夫人们,您必须摊开了说,您能否把欲望送到她身上?
沙洛	这话非说不可。倘若嫁妆丰厚,您愿娶她吗?
斯兰德	只要您请求的,甭管多大事,舅舅,但凡在情

---

① 动情:暗指产生性欲望。

	在理,我都照做。
沙洛	不,要懂我意思,懂我意思,仁慈的外甥。我所做是为了叫您高兴,表亲。您能爱这位小姐吗?
斯兰德	照您的吩咐,先生,我娶她。但假如开头没多了不起的爱情,反正一结了婚,等俩人熟了,有更多机会相互了解,上天自会减少①爱情。我希望,熟了之后,彼此更瞧不上眼②。不过,只要您说"娶她",我娶她就是。——我决心已下,而且,放荡不羁③。
埃文斯	这个回答灰常④明智。只是把"放荡不羁"一词弄错了,——照我们的意思,本该说"毅然决然",——他心思是好的。
沙洛	对,我觉得我外甥用心是好的。
斯兰德	对,不然我宁愿被吊死,啦⑤!
沙洛	漂亮的安妮小姐来了。

(安妮·佩奇上。)

沙洛	安妮小姐,因为您的缘故,我真想再年轻一回。

---

① 减少(decrease):此词为误用,斯兰德本想说"increase"(增多)。
② 此处,斯兰德又说错了,他本想说"熟了之后,彼此更相知"。
③ 放荡不羁(dissolutely):斯兰德说话颠三倒四,他本想说"resolutely"(毅然决然)。
④ 灰常(fery):埃文斯发音不准,把"very"(非常)说成"fery"。
⑤ 啦(la):惊叹词,表示惊叹,以引起注意。

安妮　还是请您,先生,进去吧。

安妮	晚餐上桌了,我父亲想请各位大人入座。
沙洛	乐意奉陪,美丽的安妮小姐。
埃文斯	桑帝的福佑!我可不能缺了餐前祷告。(沙洛与埃文斯同下。)
安妮	先生,请您进去好吗?
斯兰德	不,我谢谢您,说真的,衷心感谢。我很好。
安妮	等您用餐呐,先生。
斯兰德	说真的,谢谢您,我一点不饿。——(向辛普尔。)去吧,小子①,虽是我的仆人,您去侍候我舅舅沙洛好了。(辛普尔下。)一个治安官有时也会找朋友借仆人一用。在我母亲死之前,我只有三个仆人、一个侍童。那又如何,反正我活得像个生来寒酸的绅士。
安妮	您不进,我也不能进。等您进去了,他们才肯入座。
斯兰德	凭信仰起誓,我什么也不吃。谢谢您,就当我吃过了。
安妮	还是请您,先生,进去吧。
斯兰德	在这儿走走就好,我谢谢您。前几天,跟一位剑术家耍刀弄剑,弄伤了小腿,——三个回合,赌一碟煮干梅②。——打那之后,凭信

---

① 小子(sirrah):对下人的通称。
② 煮干梅(stewed prunes):旧时妓院里常备食物,在英语俚语中专指妓女。

	仰起誓,我再也受不了那股热鲜肉①的味儿。您家的狗为啥这么叫?城里有熊?
安妮	我想有吧,先生。听别人说过。
斯兰德	我很喜欢这游戏②。不过我也像别的英格兰人一样,要马上反对它③。如果见狗熊挣脱了链子,您会害怕吗?
安妮	怕,当然怕,先生。
斯兰德	眼下,那对我像喝酒吃肉一样④。不下二十次,我见赛克森⑤挣脱铁链,那链子我还抓住过。但我向您保证,女人们见了那真是连哭带叫,吓得半死。反正女人受不了它们,那些粗暴的家伙丑极了。
(佩奇上。)	
佩奇	来吧,仁慈的斯兰德,来,我们等您呐。
斯兰德	我什么也不吃,先生,谢谢您。

---

① 热鲜肉(hot meat):刚宰杀不久尚未完全失去体温的家畜肉。斯兰德以此暗指妓女的色相皮肉。此处,斯兰德指自己比剑时小腿受伤,从被划开的伤口似乎透出一股"热鲜肉"的味道。

② 游戏(sport):即群狗斗熊,将熊用铁链拴在柱子上,驱狗与熊相斗,是伊丽莎白时代流行的一种供大众消遣的游戏。

③ 暗指当时清教徒要求关闭剧院并反对一切形式的娱乐活动。

④ 意即(狗熊挣脱链子)那种事我见多了。

⑤ 赛克森(Sackerson):泰晤士河南岸南华克区"巴黎花园"(Paris Garden)里一头出了名的熊的名字。

佩奇	凭公鸡和喜鹊发誓①,您没得选,先生。来,来。
斯兰德	不,请您走前头。
佩奇	来吧,先生。
斯兰德	安妮小姐,您先走。
安妮	不能,先生,请您头里走。
斯兰德	真的,我不能走前头。真的,啦!那样做,对您多有冒犯。
安妮	我求您了,先生。
斯兰德	我宁可失礼,不愿添乱。您多担待,真的,啦!(走在前;众下。)

---

① 凭公鸡和喜鹊起誓(by cock and pie):一种轻柔的赌誓用语。公鸡和喜鹊为当时常画在酒店招牌上的图案,市民有时会以此为凭赌咒立誓。

第二场

同前

（休·埃文斯牧师与辛普尔上。）

埃文斯　你去，问一下凯乌斯医生家的路怎么走。有位桂克丽夫人住在那儿，是他的管家，或是保姆，或是厨娘，或是洗衣房①，给他洗了衣服，拧干。

辛普尔　好的，先生。

埃文斯　别忙，还有更打紧的②。——把这封信给她。（递信）因为这女人跟安妮·佩奇小姐特熟。信的意思是，希望并要求她，替您的主人向安妮·佩奇小姐求亲。请您，去吧。我得把这顿饭吃完，苹果、奶酪还没上呐。（同下。）

---

① 洗衣房(laundry)：埃文斯本想说"laundress"（洗衣工）。
② 更打紧的(petter)：埃文斯把"better"读成"petter"。

第三场

嘉德酒店中一室内

（福斯塔夫、酒店老板、巴道夫、尼姆、皮斯托及侍童罗宾上。）

福斯塔夫　　我的嘉德老板！
酒店老板　　怎么说,我的好哥们儿①？说点儿文雅、机智的。
福斯塔夫　　实不相瞒,我的老板,我必须解雇几个手下。
酒店老板　　丢弃,好汉赫拉克勒斯②,解雇。叫他们开路。屁颠屁颠的。
福斯塔夫　　我住这儿一礼拜花十镑。
酒店老板　　你是一位皇帝:恺撒,卡赛,菲撒③。我要雇用巴道夫。让他打酒。让他倒酒。我说得

---

① 好哥们儿(bully-rook):或我的老无赖。朱生豪、彭镜禧均译为"老狐狸",梁实秋译为"老主顾"。

② 好汉赫拉克勒斯(bully Hercules):赫拉克勒斯为古希腊神话中的大力士,生平留下十二神迹。朱生豪译为"我的巨人",梁实秋译为"伟大的赫鸠利斯",彭镜禧译为"大力士"。

③ 恺撒(Caesar):古罗马皇帝。卡赛(Kaiser):旧时德国、奥地利或神圣罗马帝国的皇帝。菲撒(Pheazar):可能指土耳其或其他伊斯兰教国家的宰相。

	不错吧,好汉赫克托尔①。
福斯塔夫	就这么办,我好心的老板。
酒店老板	我说完了。让他跟我走。——(向巴道夫。)让我见识一下,倒酒多起泡沫、往酒里掺石灰②。闲话少说,随我来。(下。)
福斯塔夫	巴道夫,跟他去。当酒保是个好营生。一件旧披风改成一件新坎肩,一个老朽仆人变成一个新手酒保。去吧,再见。
巴道夫	我早就想吃这碗饭。我会走运的。
皮斯托	啊,下贱的叫花子③!你愿拿塞子去堵酒桶?
	(巴道夫下。)
尼姆	他爹妈怀他的时候都喝醉了。我随口说的,妙吧?
福斯塔夫	真高兴一下就把这个火绒盒④打发了。他偷得太明显了,偷东西像个嘴笨的歌手,——抓不住点儿。

---

① 好汉赫克托尔(bully Hector):赫克托尔为特洛伊战争中抗击希腊联军的英雄。朱生豪译为"我的大英雄",梁实秋译为"伟大的海克特",彭镜禧译为"大力士"。

② 当时酒店老板惯常使用的手段,多起泡沫可节省啤酒,往劣酒里掺石灰可使酒色发亮、酒味浓烈。

③ 下贱的叫花子(Hungarian wight):含双关意,指第二次鄂图曼—哈布斯堡战争期间(1593—1606)从匈牙利(Hungary)狼狈回国的英国雇佣兵。"Hungary"(匈牙利)与"hungry"(饥饿)音近易混,直译为"你这从匈牙利回来的家伙",意即"你这饥肠辘辘的家伙"。

④ 火绒盒(tinderbox):旧时点火所用,亦称"引火盒",以此比喻巴道夫的赤红脸和火爆脾气。

尼姆	偷的绝招在于抓住瞬间。
皮斯托	聪明人管这叫"运"。"偷"？呸！不值钱①的字眼儿。
福斯塔夫	好了,诸位,我的鞋都快露出脚后跟了②。
皮斯托	那正好,让它生冻疮得了。
福斯塔夫	没法子,我非行骗不可,必须自己想辙。
皮斯托	小乌鸦也得吃东西。③
福斯塔夫	你俩谁认识本城的福德？
皮斯托	我知道这家伙,他家底厚实。
福斯塔夫	牢靠的伙计们,告诉你们我肚里怎么盘算的。
皮斯托	腰有两码,还多。④
福斯塔夫	现在别耍贫嘴,皮斯托！——真的,我的腰估摸有两码,可眼下我不打算浪费⑤,而要节省。一句话,我要向福德的老婆求爱。我看

---

① 不值钱(fico)：原为意大利语,说这个词时,常伴一猥亵手势,表示轻蔑。
② 意即我手头快没钱了。
③ 参见《旧约·诗篇》147:9："他把食物供给兽类,/喂养啼叫的小乌鸦。"《新约·路加福音》12:24："看看那些乌鸦吧！它们不种不收,也没有仓库或储藏室,上帝尚且喂养它们。"
④ 皮斯托打趣福斯塔夫。福斯塔夫上句说"肚里怎么盘算的",皮斯托接话茬,把肚子变成腰,形容福斯塔夫肥胖。
⑤ "waist"(腰)与"waste"(浪费)谐音双关。

	出她对我殷勤①，她跟我聊天，她谦恭大方②，她斜眼瞟我。我能领会她惯常的语气手势，还有那举止上最严厉的表情③——翻译成恰当的语言，——就是，"我属于约翰·福斯塔夫爵士"。
皮斯托	他研究过她的癖好，还把她的癖好，——出于贞洁，译成了英语。
尼姆	这个锚抛得深。④随口一说，棒吧？
福斯塔夫	如今，听说她丈夫的钱袋都由她掌管。——他有好多"天使"⑤。
皮斯托	还雇了数量一样多的魔鬼。所以我说，"小伙子，去追她⑥！"
尼姆	这下来了劲头。挺好。凭这股劲儿去捞那笔钱。
福斯塔夫	（展示信件。）我这儿给她写了一封信。这儿还

---

① 福斯塔夫误以为福德夫人对他有性暗示之意。
② 原文为"she carves"。朱生豪译为："她向我卖弄风情的那种姿势。"梁实秋译为："她对我挥手姿势。"彭镜禧译为："她切肉。"此处按"皇莎版"释义，意即她是位谦恭、慷慨的女主人（She is a courteous and generous hostess），性感迷人。
③ 福斯塔夫误以为福德夫人看他的眼神、说话的语气手势及严厉表情，都是对他的性暗示。
④ 意即福斯塔夫把（向福德夫人调情）这个主意扎深筑牢。
⑤ 好多"天使"（a legion of angels）：即大量金币。"天使"指币面上铸有大天使长米迦勒（archangel Michael）像的金币，每枚值10先令。
⑥ 去追她（to her）："去追"是狩猎中猎手激励猎狗追逐猎物的叫喊。

	有一封,给佩奇的老婆,她刚才也向我递眼色,用顶敏锐的媚眼打量我全身。她的目光忽而在我脚上镀金,忽而又瞄一下我的大胖肚子。
皮斯托	阳光一样照粪堆。
尼姆	多谢你口才俏皮。
福斯塔夫	啊!她以那么一种贪婪的意图,打量我周身上下,眼里的欲望像一面火镜①,快把我烧焦了。这儿的另一封信给她。她也管着钱袋儿②。她就是圭亚那③的一片地,遍布黄金财宝。我要做她们两人的财务官④,要她俩做我的金库。她们将变成我的东西两印度⑤,我跟她们俩都做买卖⑥。——(向尼姆。)去把这封信交给佩奇夫人。——(向皮斯托。)你把这封信交给福德夫人。咱们要走运喽,孩子们,咱们要走运喽!

---

① 火镜(burning-glass):亦称"取火镜",即后来人们所说的凸透镜、放大镜。
② 钱袋儿(purse):在此暗指女阴。福斯塔夫嘴上说着钱袋儿,心里想着性事。
③ 圭亚那(Guiana):南美一个富庶国家,当时被誉为"理想的黄金国"。
④ 财务官(cheaters):指为国王接收充公财产和勒索罚款的官员。与"cheaters"(骗子)双关,含性意味,意即我要骗她们两人上床。
⑤ 东印度群岛(亦称香料群岛)盛产香料,西印度群岛出产贵重矿物,当时均为英国主要贸易来源。
⑥ 做买卖(trade):意即我要跟她俩都做性交易。

皮斯托	难道我要变成特洛伊的潘达洛斯①,屈从这不是爷们儿干的营生,还自称军人?哼,叫路西弗抓走算了②!(递回信件。)
尼姆	我不干这种下三烂的事。这信,原封拿回去。(递回信件。)我得保住荣誉。
福斯塔夫	(向罗宾。)拿着,小子,拿好这两封信,像我的双桅小船一样,驶向黄金海岸。——两个可怜虫,从这儿,快滚!像冰雹一样消失,滚!走,抬脚开路,去找地方藏身,走开!这年头福斯塔夫要学法国人的节俭风尚,两个可怜虫,我只留一个穿围裙的侍童。

(福斯塔夫及罗宾下。)

皮斯托	叫秃鹰抓走你的肠子!甭管做过手脚、还是灌了铅的骰子,抛大点儿、甩小点儿,富人、穷鬼全都骗。等你变成穷光蛋,我钱袋里还能剩六便士,下贱的弗里吉亚的土耳其人③!

---

① 特洛伊的潘达洛斯(Pandarus of Troy):克瑞西达(Cressida)的舅舅,在特洛伊战争中,为克瑞西达和特洛伊罗斯(Troilus)牵线搭桥,充当媒人。英语"皮条客"(pander)一词源出于此。意即难道让我给你拉皮条?

② 原文为"Then Lucifer take all"。路西弗是魔鬼撒旦被上帝逐出天堂之前的名字,意即"早晨之子""晨星"或"拂晓之星"。朱生豪译为:"鬼才干这种事!"梁实秋译为:"哼,活见鬼!"彭镜禧译为:"老子死也不干!"

③ 原文为"Phrygian Turk"。骂人的话,意即"下贱的野蛮人!"或"下贱的蛮子!"。弗里吉亚(Phrygia):小亚细亚的一个古国,15世纪被土耳其征服,现为土耳其领土。朱生豪译为:"这万恶不赦的老贼!"梁实秋译为:"下贱的东西!"彭镜禧译为:"不要脸的异教徒!"

尼姆　　　我在寻思,该怎么报复。

皮斯托　　你想报复?

尼姆　　　以苍天和星辰起誓!①

皮斯托　　凭脑子,还是用刀剑?

尼姆　　　我要,两个法子都用。——我要把这偷情之事告诉佩奇。

皮斯托　　那我也对福德把此事点破,
　　　　　说福斯塔夫这个卑鄙无赖,
　　　　　要试探他老婆②,占他钱财,
　　　　　还要,弄脏他柔软的卧床。

尼姆　　　我的性子不能变冷。我要激怒福德给他下毒。我要叫嫉妒操控他,我一旦翻脸③,凶多吉少。我真有这股性子。

皮斯托　　你是心怀不满的马尔斯④。我追随你,开拔。

　　　　　(同下。)

---

① 原文为"By welkin and her star"。朱生豪译为:"天日在上,此仇非报不可!"梁实秋译为:"我指天日为誓,此仇必报!"彭镜禧译为:"老天可以做证!"

② 要试探他老婆(His dove will prove):暗指性试探。

③ 一旦翻脸(revolt):指自己一旦背叛福斯塔夫。

④ 心怀不满的马尔斯(Mars of malcontents):马尔斯是罗马神话中的战神。朱生豪译为:"你就是个天煞星。"梁实秋译为:"你是愤怒的凶神。"彭镜禧译为:"你是造反者的战神。"

第四场

凯乌斯医生家中一室

（桂克丽夫人与辛普尔上。）

桂克丽　喂，约翰·拉格比！

（拉格比上。）

桂克丽　请你去窗口，看看我的主人，凯乌斯医生，来了没有。他若是来了，凭信仰起誓，一见屋里有人，准会用"国王英语"①乱骂一气，骂得上帝没了耐心。

拉格比　我去盯着。

桂克丽　去吧，今晚咱们烧一炉海煤②，等炉火快灭了，凭信仰起誓，入夜前喝杯甜奶酒③。（拉格比下。）——（向辛普尔。）一个实诚、勤快、和善的家

---

① "国王英语"（King's English）：指以国王所说英语为标准的正规英语。
② 烧一炉海煤（a sea-coal fire）：意即今晚咱们不烧炭火。海煤，指从英格兰北部海运到伦敦的优质煤。
③ 甜奶酒（posset）：一种热饮，将啤酒或甜酒掺入牛奶。

伙,这样的家仆天底下难找。还有,我向您保证,既不说东道西,也不惹事添乱。他顶坏的毛病是,喜欢祷告,在这上有时犯傻,可哪个人能没毛病? 也还说得过去。您说您名字叫彼得·辛普尔?

辛普尔　　对,因为没更好听的了。

桂克丽　　斯兰德先生是您主人?

辛普尔　　对,没错。

桂克丽　　他是不是脸上留了一圈大胡子,像手套工匠用的刮刀[①]?

辛普尔　　不,说真的,他脸型很小,只有点儿黄胡子,该隐那种颜色[②]的胡子。

桂克丽　　是个性子温和的人,对吧?

辛普尔　　对,没错,但在这一带,他算个勇敢的斗士。跟一个猎场看守人打过架。

桂克丽　　您说什么?——啊,我该记得他。走路时,抬着头,像这样,大摇大摆,是不是?

辛普尔　　对,没错,他就这样。

桂克丽　　那好,愿上天别让安妮·佩奇交坏运气!告诉埃文斯执事、牧师,为您的主人,我一定尽我所

[①] 刮刀(paring-knife):指手套工匠的半圆弧形刮刀,用来修剪羊皮。
[②] 该隐那种颜色(Cain-coloured):即浓黄色或姜黄色。该隐,即《旧约·创世记》中杀死弟弟亚伯的该隐,被视为人类第一个凶手。

	能。安妮是个好姑娘,但愿——
拉格比	(在内。)哎呀,糟了!我主人来了。
桂克丽	(向辛普尔。)咱们全得挨骂。跑这儿来,好心的年轻人,进这间内室。他待不了多久。(辛普尔进内室。)喂,约翰·拉格比?约翰!约翰,我说,在哪儿呢?(拉格比上。)——去,约翰,去问候我的主人,他还没回家,我怕他有什么不舒服。(拉格比下。)——(唱。)"当,当,当了当。"①

(凯乌斯医生上。)

凯乌斯	您藏的什么?我不喜欢这种小玩意儿②。请您,去我内室,拉个"绿盒子"来③,一个盒子,绿色的,一个盒子。听懂我唆的了吗?④一个绿盒子。
桂克丽	是,懂了,我去给您拿。——(旁白。)多亏他没自己去。他若发现那个年轻人,一定冒火发狂,像个头上长角的畜生。(走进内室。)
凯乌斯	Fe, fe, fe, fe, ma foi, il fait fort chaud. Je m'en vais voir a le Court,—— la grande affaire.⑤

---

① 这是一首歌中的叠词。
② 凯乌斯是法国人,说英语时,发音、文法常有错。他把"songs"(歌曲)说成"toys"(小玩意儿)。这句意思是:您唱的什么?我不喜欢这种歌。
③ 原文为"une boitie en vert"。法文,绿盒子。凯乌斯英文说不流利,着急时常英法文互用。后文出现的法文即为此例。
④ 意即听懂我说的了吗?
⑤ 法文,意即以我的信仰起誓,天太热了,我准备到宫里去,看有什么要紧事。

（桂克丽手拿一盒上。）

桂克丽　　先生，是这个吗？

凯乌斯　　Oui, mette-le au mon 兜里。Dépêche, 快点儿。——拉格比那个奴才在那儿？①

桂克丽　　喂，约翰·拉格比！约翰！

（拉格比上。）

拉格比　　这儿呐，先生。

凯乌斯　　您是约翰·拉格比，您是杰克·拉格比。来，拿把轻剑②，在我脚后，跟我进宫③。

拉格比　　备好了，先生，在门廊里。

凯乌斯　　凭我的性仰起誓④，我耽搁太长了。——上帝救我。que ai-je oublie. 我内室里有些草药，得随手带在身上。⑤（进内室。）

桂克丽　　（旁白。）哎哟，他若发现那小伙子，准会气疯。

凯乌斯　　（在内。）啊！Diable, diable! 内室里啥么东西？（揪出辛普尔。）——恶棍, larron! ⑥拉格比，我的

---

①　这句英文、法文混用，意即"是，把它放我兜里。快点儿，快点儿。拉格比那个奴才在哪儿"。
②　轻剑（rapier）：一种轻巧的细长佩剑，适于决斗。
③　凯乌斯说话时常颠倒，意即"来，拿把长剑，跟我身后，进宫"。
④　以我的性仰起誓（By my trot）：凯乌斯发音不准，应为"By my troth"（以我的信仰起誓）。
⑤　这句英文、法文混用，意即"凭我的信仰起誓。我耽搁太久了。上帝保佑我。我忘了什么？我内室里有些草药，得随手带着"。
⑥　这句英文、法文混用，意即"啊！魔鬼，魔鬼！内室里什么东西？恶棍，窃贼"。

	长剑！
桂克丽	仁慈的主人，别发火。
凯乌斯	凭什么不花火，啊？①
桂克丽	这小伙子是个实诚人。
凯乌斯	实诚人在我内室里干啥么？没有哪个实诚人会来我内室。②
桂克丽	求您别冒那么大冷气。③实话跟您说，他是休牧师派来的，找我有事。
凯乌斯	很好。
辛普尔	对，真的，要她——
桂克丽	我请您，别出声。
凯乌斯	(向桂克丽。)您的舌头别出声。——(向辛普尔。)接着说您的。
辛普尔	恳求这位正派女士，您的女仆，替我主人向安妮·佩奇小姐说句好话，提个亲。
桂克丽	就这么回事儿，真的，啦！但我决不会把手指头插火里，没这个必要。
凯乌斯	休牧师派了您来④？——拉格比，给我baillez纸来⑤。——您等一小会儿。(拉格比拿来纸。凯乌

---

① 意即我凭什么不发火？
② 意即实诚人藏我内室里干什么？实诚人不会到我内室来。
③ 桂克丽本想说"求您别冒那么大火气"。
④ 凯乌斯说英语不太利落，意即休牧师派您来的？
⑤ 这句英文、法文混杂，意即给我拿纸来(baillez, i.e. bring)。

斯写字。)

桂克丽　（旁白。向辛普尔。）我真高兴,他这么平静。他若真动了肝火,您会听到他扯开嗓门儿,满脸忧郁①。不过呢,小伙子,我会真心尽我所能,帮您的主人。甭管怎么说,这个法国医生,我的主人,——我可以叫他主人,您瞧,因为我给他收拾家,还得洗衣服、拧衣服、酿酒、烘烤、清扫、预备肉和酒、拾掇床铺,全都我一个人干——

辛普尔　（旁白。向桂克丽。）这么大负担全靠肉身上的一双手。

桂克丽　（旁白。向辛普尔。）您看出门道了?我向您保证这都是重活儿,起早贪黑地干。不过这不算啥,——我得趴您耳边说,我不希望泄露半个字。——我的主人,他自己爱上了安妮·佩奇小姐。可甭管怎么着,我知道安妮什么心思,——她那心思,不在这儿,也不在那儿。

凯乌斯　您这只无礼的猴子②,——把这封信带给休牧师。（递信。）上帝做证③,这是一封挑战书。我要

---

① 桂克丽用错了词,她本想说"满脸冒火"。
② 无礼的猴子(Jack'nape):辛普尔藏在凯乌斯的内室,凯乌斯称他是一只无礼的猴子。
③ 上帝做证:凯乌斯发音不准,将"by god"说成"by gar"。

在猎场割了他的喉咙,我要教训这个下流的猴
崽子牧师别管闲事。——您可以走了,待在这
儿,对您没好处。——上帝做证,我要把他两
颗睾丸都切下来。上帝做证,一个蛋也不留给
他喂狗。(辛普尔下。)

桂克丽　哎呀,他不过替朋友传个话。

凯乌斯　那不管。您不是告诉我,安妮·佩奇归我吗?
上帝做证,我要宰了那个无赖教士。我已指
定,由嘉特①酒店的老板,来量我们的武
器②。——上帝做证,我要安妮·佩奇熟鱼
自己③。

桂克丽　先生,这姑娘爱的是您,一切不成问题。别人
怎么嚼舌头,随便。活见鬼④!

凯乌斯　拉格比,来跟我进宫。——(向桂克丽。)上帝做
证,若得不到安妮·佩奇,我就把你脑袋赶出家
门。——跟着我脚后跟,拉格比。⑤

桂克丽　您一定能得到安⑥——(凯乌斯及拉格比下。)安你

---

① 凯乌斯将"Garter"(嘉德)说成了"Jarteer"(嘉特)。
② 武器(weapon),即两人用于决斗的剑。决斗前,要量剑的尺寸,以保证剑身长短一致。
③ 这一句原文中英文、法文混用,意即上帝做证,我要安妮·佩奇属于我自己。
④ 活见鬼(what the good-year, i.e. what the devil):一种诅咒语,无特别意义。
⑤ 凯乌斯的英文不利落,意即"拉格比,跟我进宫。……得不到安妮·佩奇,我就把你赶出家门。——跟紧我,拉格比"。
⑥ 安(An):即安妮(Anne)的昵称。

个傻瓜头。不过,她那个心思我了解。感谢上天,全温莎没哪个女人比我更懂她心思,也没谁比我对她做得更多。

芬顿　　(在内。)屋里有人吗?嗨!

桂克丽　谁呀?猜不出。请进来。

(芬顿上。)

芬顿　　怎么,好心女人!你好吗?

桂克丽　劳您这么一问,就更好了。

芬顿　　有什么消息?漂亮的安妮小姐可好?

桂克丽　说真的,先生,她漂亮、贞洁、温柔,还对您心有好感。——这个我可以顺嘴告诉您。——为这个,我赞美上天。

芬顿　　照你看,我能交好运吗?我的求婚不会落空?

桂克丽　以我的信仰起誓,先生,一切都在上帝手中①。但甭管如何,芬顿先生,我敢拿一本书②发誓,她是爱您的。——您是不是眼睛上方长了一颗疣?

芬顿　　对,以圣母起誓,有一颗。那又怎么样?

桂克丽　说得好,在那上有个故事。真心话,安这姑娘多不同寻常。——但我敢憎恶③,她是个

---

① 参见《旧约·诗篇》31:15:"我终身的事在你手中。"
② 一本书(a book):即《圣经》,意即我敢凭《圣经》发誓。
③ 憎恶(detest):桂克丽用错了词,她本想说"protest"(断言)。

贞洁姑娘,一直像掰饼似的①。——那颗疣,我们聊了一个小时。——只有跟那姑娘待一块儿,我才笑得出来!——不过,真的,她太滑稽了②,老想心事。可对于您,——好了,把话打住。——

芬顿　好,我今天要去看她。拿着,钱是给你③的。代我说句好话。你若比我先见到她,替我问候。

桂克丽　我会先见到?凭信仰起誓,我们会的。等下回咱们信任④时,我要跟您多说几句那颗疣,还有其他求婚者的事。

芬顿　好,再会,我现在有急事要处理。

桂克丽　再会大人。(芬顿下。)——真是一位诚实的绅士。可安妮不爱他。谁也没我更懂安妮的心思。——该死!我又忘了什么?(下。)

---

① 一直像掰饼似的(as ever broke bread):意即一向诚实可信。"掰饼"典出《圣经》,参见《新约·使徒行传》2:42:"都恒心遵守使徒的教训,彼此交接、掰饼、期待。"

② 太滑稽了(too much to allicholy):桂克丽用错了词,她本想说"她太忧郁(melancholy)了"。

③ 你(thee):芬顿未使用"您"(you)尊称桂克丽。

④ 信任(confidence):桂克丽用错了词,她本想说"conference"(密谈或私下谈)。

第二幕

第一场

佩奇家门前

（佩奇夫人手持一信，上。）

佩奇夫人　　什么，我最貌美之时逃过了情书，现在倒成了情书的对象？（读信。）我来看看：

> 别问我因何爱您，虽说爱神拿理智当清教徒①，却并不认理智这个顾问。您岁数不轻了，不比我小多少。所以，不说了，咱俩一致。您生性风流，我也是。哈，哈！那更一致。您爱喝萨克酒②，我也爱喝。难道您惦记更妙的一致？至少，倘若一个军人的爱能满足你③，佩奇

---

① 清教徒（precisian）："牛津版"此处作"医生"（physician），即"虽说爱神拿理智当医生"。
② 萨克酒（Sack）：一种西班牙白葡萄酒。
③ 你（thee）：上面用尊称"您"（you），在此已改用"你"（thee）。

夫人，让它满足你，我爱你。——我不
会说，可怜我——这哪像出自一个军人
之口——但我要说，爱我。凭我

你的忠诚骑士，

不管白天黑夜，

不管哪种天光，

都倾尽全力，

为你去战斗。

约翰·福斯塔夫

这是怎样一个犹太的希律①！——啊，
邪恶的、邪恶的世界！一个上了岁数快把自
己耗死的家伙，竟扮成一个纨绔子弟②？这
个佛兰德③酒鬼，到底怎么——凭魔鬼之

---

① 原文为"What a Herod of Jewry is this"。希律（前40—4），古犹太国王，《圣经》中的暴君，为剿灭婴儿耶稣，曾下令屠杀伯利恒所有二岁以下儿童。事见《新约·马太福音》2：1—20。朱生豪译为："好一个胆大妄为的狗贼！"梁实秋译为："好一个犹太暴君！"彭镜禧译为："这是哪门子的犹太希律王？"但也有可能，此处"犹太的希律"指的是希律王之子"犹太的（分封王）希律"，即希律·安提帕，事见《马太福音》14：3—12；分封王希律诱奸并娶弟妹罗希底为妻。从剧情看，此处更应指后者，因为佩奇夫人显然把福斯塔夫比为打别人妻子主意的"分封王希律"。

② 一个纨绔子弟（a young gallant）：即成天向小姐求爱的风流少年、时髦公子哥。

③ 佛兰德酒鬼（Flemish drunkard）：佛兰德，亦称佛兰德斯（Flanders），为中古欧洲一公国，位于今比利时、荷兰、法国三国接壤地区。因佛兰德的酒鬼闻名欧洲，佩奇夫人以此称福斯塔夫，意即大酒鬼。

名——从我谈话中挑出轻浮的举止,竟敢如此试探我?哼,总共没见过三次面!能跟他说些什么?那时我把欢笑都节省了。——上天宽恕我!——哼,我要提交议会一份压倒①所有胖男人的法案。我该怎么报复他?非报复不可,要像他那肠子是用腊肠做的这么肯定。

(福德夫人上。)

福德夫人　佩奇夫人,相信我,我正要去您家。

佩奇夫人　巧了,不骗您,我正要去找您。您脸色不大好。

福德夫人　不,我才不信您说的。有东西②能证明我脸色相反。

佩奇夫人　说真的,依我看,您面色不佳。

福德夫人　哦,随它不好吧。但我要说,我能给您看正相反的脸色。啊,佩奇夫人,给我出个主意!

佩奇夫人　怎么回事,姊妹③?

福德夫人　姊妹啊,若非为了一个小考虑,我可以弄出

---

① 压倒(putting down):含性意味,意即在性行为上反其道而行,不再被男人"压倒"。朱生豪译为:"我要到议会里去上一个条陈,请他们把那班男人一概格杀勿论。"梁实秋译为:"我要在议会里提出一个法案,杀尽一切男人。"彭镜禧译为:"我要向议会递交提案,压制男人。"

② 指福斯塔夫写给福德夫人的求爱信。

③ 姊妹(woman):基督徒女性间的一种称谓,亦是同龄女性彼此间的一种通称。

	个大荣誉！
佩奇夫人	把小事悬起来,姊妹,抓住荣誉。——怎么回事？——甭管小事。——怎么回事？
福德夫人	只要我愿为了永恒的时刻去地狱①,就能受封骑士②。
佩奇夫人	怎么？你撒谎！爱丽丝·福德爵士③,这些骑士用剑一通乱砍④,你可不能把自己的社会地位变了。
福德夫人	咱们这是大白天点蜡。⑤(递信给佩奇夫人。)——这个,读一读。瞧出我怎么受封骑士了吧。——哪怕我还有一只眼能识别男人的体形,我一定把胖男人都看贬。可他并没起誓;他赞美女人的贞洁;对一切有失礼仪的行为,他都给予那么恰当、得体的谴责;我原想替他发个誓,说他言行一致。可他的言行,比按《绿袖子》的调子唱第一百首

---

① 意即只要我答应跟福斯塔夫耍风流。

② 这是福德夫人的自我调侃,因为在1588年之前的英格兰历史上,只有男人受封骑士。

③ 受封骑士后,便有了爵位,因此,佩奇夫人称福德夫人"爵士"。

④ 这些骑士用剑一通乱砍(These knights will hack):此处按"皇家版"释义,暗指骑士们在性事上行为很乱。朱生豪译为:"现在这种骑士满街都是。"梁实秋译为:"这种爵士遍地皆是。"彭镜禧译为:"这些个骑士都乱砍乱杀。"

⑤ 意即咱们别耽误工夫了。

《诗篇》，更不协调一致。①真不懂，什么样的暴风雨，才能把这头——肚子里装了好多桶油的——鲸鱼，抛到温莎岸上？我该怎么报复他？我想最好的办法是叫他满怀希望，直到邪恶的欲火把他在自己的肥油里熔化。——您听过这种事吗？

佩奇夫人　（展示自己那封信。）除了佩奇和福德名字不同，两封信一模一样！这封信是你那封信的孪生兄弟，被人毫无来由地看贱②，这对你也算莫大安慰。但让你那封占据优先权，因为我声明，我这封永远放弃。我保证同样的信他有一千封，空白处留着写不同名字，——肯定，不止，——这两封信顶多算第二版。他还会去印，毫无疑问，因为他不在乎往印刷机里塞什么③，巴不得到时候把咱俩都塞进去。我宁愿变成一个女巨人，躺在佩利翁山④下。哼，等我给您找齐了二十只淫荡的

---

①《绿袖子》(Green sleeves)：当时流行的一首英格兰民谣。《旧约·诗篇》亦被称为《圣经》赞美诗。福德夫人在此讽刺福斯塔夫言行不一，比用民谣的调子唱神圣的赞美诗更不着调。

②指福斯塔夫把两位夫人的贞洁美德看得低贱。

③此句含性意味，意即他不在乎肥胖的身体下是哪个女人。

④佩利翁山（Mount Pelion）：位于希腊东北部，是古希腊神话中的一座神山。相传巨人与众神作战，曾将佩利翁山置于奥萨山（Mount Ossa）巅，试图登上众神之所奥林匹斯山（Olympus）。

佩奇夫人　　这封信是你那封信的孪生兄弟。

斑鸠①,也找不见一个贞洁男人。

福德夫人　(比对两封信。)哎呀,完全相同,字迹一样,词句一样。他把咱们当什么了?

佩奇夫人　不,我搞不懂。这封信险些使我准备跟自己的贞洁吵架。因此,我要拿自己像陌生人来对待。因为,真的,他若没在我身上认出连我自己都弄不清的品性,对我的船决不会以这股猛劲儿强登硬上②。

福德夫人　您管这叫"强登硬上"?我一定要把他拦在甲板上。③

佩奇夫人　我也拦他。万一他进了我的舱④,我永不能再出海!咱们要报复他。咱们跟他定个约会,在他求爱时,给他尝点儿甜头,慢慢引他上钩,直到他把马匹都当给嘉德酒店老板才算完。

福德夫人　好,为捉弄他,只要不玷污咱们小心守护的贞洁,什么坏事我都愿干。啊,我丈夫看到

---

① 斑鸠(turtles, i.e. turtle-doves):传说中对配偶忠贞的一种鸟。佩奇夫人以斑鸠作比,不信天底下会有对妻子忠贞的男人。

② 强登硬上(boarded me):佩奇夫人以海战术语形容福斯塔夫竟敢像海战中强行登船作战的一方那样勾引她,在于自己可能不知不觉间暴露出了某种品性。

③ 暗指我一定把他拦在我腰部以上。

④ 我的舱(my hatches):暗指女阴。这句话意即万一他沾了我的身体,我以后再没脸出门见人。

	这封信怎么办!叫他一辈子拿嫉妒当饭吃。
佩奇夫人	咦,瞧,他来了,——我的好男人也来了。他从来不嫉妒,我不给他嫉妒的理由。——我希望——那是一种测不出来的距离①。
福德夫人	身为女人,您比我幸运。
佩奇夫人	咱们商量一下,怎么对付这个肥得流油的②骑士。上这儿来。(二人退后。)

(福德与皮斯托、佩奇和尼姆上。)

福德	嗯,我希望没那么回事。
皮斯托	在有些事儿上,希望就是一条剪了尾巴的狗③。约翰爵士瞄上了你老婆。
福德	哎呀,先生,我老婆年纪不轻啦。
皮斯托	他追起女人来,什么高的、低的、富的、穷的、老的、嫩的,大小通吃,福德。他爱吃大杂烩。④福德,留神。
福德	爱上我老婆!

---

① 原文为"an unmeasurable distance"。朱生豪译为:"我希望他永远不吃醋才好。"梁实秋译为:"我们对嫉妒保有无法计算的距离。"彭镜禧译为:"希望一辈子都不会有(吃醋的理由)。"

② 肥得流油(greasy):英文单词有"油乎乎的""肥胖的""淫荡的""讨厌的"等词义。

③ 剪了尾巴的狗,不适于追逐猎物。皮斯托以此比喻,在有些事情上,希望是靠不住的。

④ 意即他喜欢各式各样的女人或只要是女人就对他胃口。

皮斯托	肝①火烧得正热。阻止他,否则,你只能跑,像亚克托安②先生一样,被自己的灵乌③追着咬。——啊,好臭的名声④!
福德	什么名声,先生?
皮斯托	头上长角⑤,我说。再会。要提防。睁大眼睛,因为贼行走黑夜。在夏天来临或布谷鸟⑥鸣唱之前,要留心。开路,尼姆班长先生!相信他,佩奇,这话有道理。(下。)
福德	(旁白。)我要有耐心。得查明这件事。
尼姆	(向佩奇。)这是真的,我不喜欢撒谎的脾性。他有一些脾性冒犯了我。我本该把那封犯了脾性的情书给她送去,但我一剑在手,在我需要时,剑能咬人。说长道短一句话,他爱上了您老婆。我名叫尼姆班长。我说了,保证这是真的。我叫尼姆,福斯塔夫看中了

---

① 肝(liver):旧时把肝视为爱情发生的中心。
② 亚克托安(Actaeon):旧译阿克泰翁,古希腊神话中的年轻猎人,因无意中窥见月神阿尔忒弥斯(Artemis)沐浴,被月神变成一头牡鹿,遭自己的猎狗追逐、咬死。在第三幕第二场再次出现时,指"戴绿帽子的男人"。
③ 灵乌(Ringwood):亚克托安有一只猎犬名叫灵乌。伊丽莎白时代,人们常给自己的猎犬起名"灵乌"。
④ 意即被福斯塔夫戴上绿帽子,头上长出角来,这对你可是个臭名声!
⑤ 旧时相传,妻子出轨的男人,头上会长角。
⑥ 布谷鸟(cuckoo-birds):即杜鹃鸟,因与"cuckold"(戴绿帽子的男人)发音相近,故把布谷鸟的鸣叫,视为对男人将被戴绿帽子的警告。朱生豪译为:"否则只怕夏天还没到,郭公就在枝头对你叫了。"

	您老婆。——再会,我不喜欢面包加奶酪①的脾性。再会。(下。)
佩奇	(旁白。)"什么什么的脾性",他嘴里说的!这家伙被英语吓得没了脑子。
福德	我要去找福斯塔夫。
佩奇	我从没听说有这么一个说话慢吞吞、拿腔拿调的流氓。
福德	别让我逮个正着——哼。
佩奇	虽说城里的牧师夸他是个实在人,可我信不过这个契丹人②。
福德	原以为是个明事理的人——哼。
佩奇	(佩奇夫人与福德夫人上前。)怎么,梅格③?
佩奇夫人	乔治,您要上哪儿?——听我说。
福德夫人	怎么,亲爱的弗兰克,因何闷闷不乐?
福德	我闷闷不乐?我没闷闷不乐。——您回家吧,走。
福德夫人	说真的,现在你脑子里有了些怪念头。——

---

① 面包加奶酪(bread and cheese):基本配餐。可能指尼姆给福斯塔夫当随从时,所得回报便是经常吃这种基本配餐;也可能指尼姆被福斯塔夫丢弃后,只能吃到这种基本配餐。

② 契丹人(Cataian):因伊丽莎白时代的英国人对中国的了解多由一些游记以讹传讹,故对中国人有"契丹人"之贬称,意即"异教的中国人",转义指"狡诈之人""骗子"。

③ 梅格(Meg):佩奇对其夫人的爱称。

	（向佩奇夫人。）佩奇夫人，您要走吗？
佩奇夫人	跟您一起走。——您回来吃饭吗，乔治？——（旁白。向福德夫人。）瞧那边谁来了，叫她当信差，替咱们给这个卑鄙骑士传话。

（桂克丽夫人上。）

福德夫人	（旁白。向佩奇夫人。）相信我，我刚想到她。她适合这个角色。
佩奇夫人	您是来看我的女儿安妮？
桂克丽	对，正是，请问仁慈的安妮小姐可好？
佩奇夫人	跟我们进去瞧瞧。我们要说的，够跟您聊一个小时。（佩奇夫人、福德夫人与桂克丽下。）
佩奇	怎么了，福德先生？
福德	您听到那个无赖跟我说什么了。没听到？
佩奇	听到了，您听到另一个跟我说了什么？
福德	您觉得他们说的可信吗？
佩奇	奴才，该吊死他俩！我觉得那骑士没这个企图。控告他对你我老婆起了贼心的这一对儿，正是那俩被他丢弃的家伙，十足的流氓，现在都闲着没事做。
福德	他俩原来是他的仆从？
佩奇	以圣母马利亚起誓，是这样。
福德	没比这更好的了。——他在嘉德酒店住？
佩奇	对，以圣母马利亚起誓，就住那儿。只要他

	想这么挑逗我老婆,我就把她放任给他,他若讨得比尖酸话更多的便宜,责任算我头上。
福德	我不是信不过我老婆,但我不愿把他们放一起。一个男人切莫过于自信。任何东西都别落我头上。不能认这个头。
佩奇	瞧,那个爱吵吵的嘉德酒店老板来了。他脸上这么欢快,不是脑袋里灌了酒,就是钱袋里有了钱。——

(酒店老板与沙洛上。)

佩奇	怎么样,老板?
酒店老板	怎么样,老骗子①!你是一个绅士。——(向沙洛。)我说,治安官骑士!
沙洛	我跟来的,老板,跟来的。仁慈的佩奇先生,向您道二十次日安。佩奇先生,您愿跟我们一块儿去吗?去了看好戏。
酒店老板	告诉他,治安官骑士。告诉他,老骗子。
沙洛	先生,那个威尔士教士休牧师与法国医生凯乌斯有一场决斗。
福德	我好心的嘉德老板,跟您说句话。(二人一旁说话。)
酒店老板	我的老骗子,你要说什么?

---

① 老骗子(bully-rook):朱生豪译为"老狐狸",梁实秋译为"我的好人",彭镜禧译为"老哥"。

沙洛	（向佩奇。）您愿跟我们去看好戏吗？我这位快活的老板把他俩的武器都量好了，而且，我想，他把他们约到两个不同的地方，因为，相信我，听说那牧师从不说笑①。听好，我来告诉您有什么好戏看。（二人一旁说话。）
酒店老板	你没要起诉我的骑士，我那位骑士房客②吧？
福德	我声明，没有。不过，允许我见他一面，我会送您半加仑温热的萨克酒，告诉他我叫布鲁克③，只为开个玩笑。
酒店老板	握个手④，勇士。你有出入权⑤——这话说得好吧？——你的名字叫布鲁克。那是个快活的骑士。——（向沙洛和佩奇。）二位先生⑥，

---

① 从不说笑（no jester）：意即这牧师的剑术不是闹着玩儿的。朱生豪译为："那个牧师是个非常认真的家伙。"梁实秋译为："听说那位牧师绝不是个开玩笑的人。"彭镜禧译为："听说那牧师剑术可不是开玩笑的。"

② 骑士房客（guest-cavalier）：即福斯塔夫。朱生豪译为："客人先生，你不是跟我的骑士有点儿过不去吗？"梁实秋译为："我的爵士客人，你对于我们的爵士没有什么控诉吧？"彭镜禧译为："你跟俺的房客骑士没有什么官司诉讼吧？"

③ 布鲁克（Brooke）：字面原义为"小溪""小河"。"皇莎版"作"布鲁姆"（Broom），字面原义为"扫帚"。朱生豪、梁实秋均按"牛津版"译出，朱生豪译为"白罗克"，梁实秋译为"布鲁克"，彭镜禧按"皇莎版"译为"布鲁姆"。另外，"福德"（Ford）的英文单词有"浅滩"的字面义。在剧中，福斯塔夫被装在洗衣筐里丢进泰晤士河浅滩。

④ 意即成交。

⑤ 出入权（egress and regress）：法律术语。嘉德酒店老板允许福德自由进出酒店。

⑥ 二位先生（An-heires）：该词可能是荷兰语"先生们"（mynheers）的英语表达，"牛津版"作"mynheers"。

一起去吗？

沙洛　　　跟您去，老板。

佩奇　　　听说那个法国人一把轻剑使得很好。

沙洛　　　啧，先生，我得跟您多说几句。眼下这时候，您得保持距离，这么一刺，一戳，我也弄不清怎么比画。要有勇气，佩奇先生，这儿，这儿①。回想当年，凭一柄长剑②，我能叫你们四条壮汉像耗子似的上蹿下跳。

酒店老板　这儿，孩子们，这儿，这儿！咱们上路？

佩奇　　　跟您上路。我宁愿听他们骂架，不是打斗。

（酒店老板、沙洛与佩奇下。）

福德　　　虽说佩奇是个过于自信的傻瓜，那么坚定地踩在老婆的弱点上，但叫我丢弃想法没那么容易。在佩奇家时，她坐他边上，俩人在那儿干了什么，我搞不清。哼，我要进一步查明，我要化个装去试探福斯塔夫。若发现老婆是贞洁的，我也算没白费劲儿。若发现正相反，就更值得花这个力气。（下。）

---

① 这句话应为沙洛手指或手抚心脏所说，旧时认为心为勇气之源。
② 长剑（long sword）：即需双手握剑柄的重剑。沙洛言下之意，眼下这时候比剑流行用轻剑（rapier）。

第二场

嘉德酒店内一室

（福斯塔夫与皮斯托上。）

福斯塔夫　　一便士我也不借给你。

皮斯托　　　哎呀,这个世界是一颗牡蛎,我要用剑弄开它。——你借给我钱,我一定如数分期偿还。

福斯塔夫　　一便士不借。先生,你以给我卖命的名义找人借钱,我向来没二话。我曾三次骚扰好友,要求为您和您的同伴尼姆缓刑,否则,你们俩早就像一对儿狒狒①似的,在铁格子②里向外张望。我真该下地狱,竟向我的绅士朋友发誓说,你们是出色的军人和勇士。上回

---

① 狒狒（baboons）：朱生豪、梁实秋、彭镜禧均译为"猩猩"。
② 铁格子（grate）：即监狱的铁隔窗。

|||布里奇特夫人丢了扇柄①,我还凭名誉起誓,说不是你拿的。
皮斯托|||我没分你钱吗?不是给了你十五便士?
福斯塔夫|||在理,您这无赖,说得在理。你以为我甘冒叫灵魂分文不取的危险?一句话,别再吊着我不放,我又不是您的绞架。——滚,——一把小刀一群人②!——滚回装了铁刺的半截门③的贼窝,滚!——您这无赖,连封信都不肯替我送!——您在乎自身荣誉!——哎呀,你这坏得没边儿的下贱货,我要尽所能保住荣誉的纯净。对,对,我自己有时,把敬畏上天搁在一边,在必要之时藏起荣誉,不得不去行骗、去欺瞒、去偷抢,可您,这个无赖,竟也把一身的烂衣衫、一脸的野猫相、一腔红窗格④里的粗话、一通过于霸道的赌咒,藏在荣誉庇护之下!您,您不能这么做!
皮斯托|||我服软了。一个大男人还要他怎样?

---

① 扇柄:伊丽莎白时代,扇子是上流女性的贵重饰物,多用鸵鸟毛等贵重羽毛制成,扇柄上常镶嵌金、银、象牙等。

② 意即拿上小刀子去人多的地儿偷!

③ 装了铁刺的半截门(Pickt-hatch):现为伦敦一地名"皮卡特哈奇",在伊丽莎白时代,为妓院汇聚的区域,妓院门都装着带铁刺的半截门。皮斯托住在这污秽下流之所。

④ 红窗格(red-lattice):旧时酒馆多用红窗格,故以"红窗格"代指酒馆。此句意即酒馆里的粗话。

（罗宾上。）

罗宾　　　　先生，外面有个女人想找您谈一谈。

福斯塔夫　　叫她进来。

（桂克丽上。）

桂克丽　　　上帝保佑大人您早安。

福斯塔夫　　仁慈的妇人，早安。

桂克丽　　　您千万别叫我妇人。

福斯塔夫　　那叫，仁慈的姑娘。

桂克丽　　　那倒是，我可以起誓，像我母亲生我时一样。

福斯塔夫　　我相信发誓的人。找我什么事？

桂克丽　　　我能赏光跟大人您说一两句话吗？①

福斯塔夫　　两千句都行，贞洁的女人②，我允许你听。

桂克丽　　　有位福德夫人，先生，——请大人您凑近点儿听——我自己住在凯乌斯医生家。

福斯塔夫　　好，接着说福德夫人，您说——

桂克丽　　　您说得非常对。请大人您凑近点儿听。

福斯塔夫　　我向你保证没人听得见。——（做手势指向皮斯托和罗宾。）咱自家人，咱自家人。

桂克丽　　　自家人？上天保佑他们，叫他们给他当仆人。

福斯塔夫　　好，福德夫人，——她怎么样了？

---

① 桂克丽说话常常词不达意，她原想说："您能赏光跟我说一两句话吗？"
② 贞洁的女人（fair woman）：朱生豪、梁实秋、彭镜禧均译为"好女人"。因前句桂克丽说自己是姑娘，福斯塔夫以"贞洁的女人"回敬似更合理。

桂克丽	哎呀,先生,她真是一个好造物①。——主啊,主啊!大人您是个浪荡子!好吧,恳请上天宽恕您,宽恕我们大家。
福斯塔夫	福德夫人,说呀,福德夫人。
桂克丽	以圣母马利亚起誓,说长道短,您把她弄得这么迷醉②,真叫人吃惊。宫廷放在温莎的时候③,哪怕顶尊贵的朝臣——也没人能把她弄得这么迷醉。他们——我向您保证——都是骑士、领主、绅士,乘着马车,——一辆接一辆,情书一封接一封,礼物一件接一件,气味那么甜美,——全是麝香——我向您保证,丝绸、金饰,沙沙沙地响,说话文绉绉的,还有最美的酒、最好的糖,能赢得任何一颗女人的心。但我向您保证,她决不会瞥他们一眼。——今儿一大早,有人给我送来二十个"天使"④,我把天使们都拒绝了。——这种来路的钱,就像人们说的,——妨害贞洁。

---

① 好造物(good creature):朱生豪译为"好人儿",梁实秋译为"好人",彭镜禧译为"好人家"。

② 迷醉(canaries):可能指由(节奏欢快的西班牙)加纳利舞(canary)或加纳利(甜)酒(canaries)引起的激动兴奋状态。但桂克丽用错了词,她本想说"quandary"(窘境),意即您把她弄得这么困窘。

③ 意即国王在温莎王宫之时。

④ "天使":即上面刻有天使图像的金币,意即有人拿金币贿赂我向福德夫人求爱。

	还有,我向您保证,甭管谁是朝臣中最尊贵的那一位,都休想叫她陪着抿一小口酒。可还少不了伯爵,不,更多的是那些破落骑士①惦记她,可我向您保证,她眼里不夹任何人。
福斯塔夫	那她有什么对我说的?长话短说,我好心的女墨丘利②。
桂克丽	以圣母马利亚起誓,她收到您的信了,对您一千次感谢。叫我给您带话,十点到十一点之间,她丈夫不在家。
福斯塔夫	十点到十一点?
桂克丽	对,没错,那时您可以来看那幅画像,她说,您知道的。福德先生,她丈夫,出门在外。唉,这么甜美的女人,跟他过苦日子。他是个嫉妒心很强的男人。好心人呐,跟他过日子,总少不了拌嘴吵闹。
福斯塔夫	十点到十一点。——妇人,替我问候她,我一定不失约。
桂克丽	嗯,您说得好。我还有个信差③带给大人您。

---

① 破落骑士(pensioners):指靠为国王祈祷换取年俸的贫穷骑士。朱生豪译为"女王身边的随从",梁实秋译为"女王的贴身侍从",彭镜禧译为"领皇家津贴的爵士"。

② 墨丘利(Mercury):罗马神话中的众神信使。

③ 信差(messenger):桂克丽用错了词,她原想说"我还有个口信儿(message)带给大人您"。

	佩奇夫人也真心实意问候您。——让我贴耳告诉您,她是一位既正派、又本分的夫人,这个人,跟您说吧,早祷、晚祷一次不落,在温莎这地方,没哪个女人比她更贤德。——她叫我告诉大人您,她丈夫基本不出门,可她希望早晚有这个时候。我从不知哪个女人这么宠爱男人。我想您肯定有什么魔咒①啦!说实话,真的。
福斯塔夫	向你保证,我没有。撇开吸引人的优良品德,我什么魔咒也没有。
桂克丽	那为此祝福您这颗心!
福斯塔夫	但请你告诉我这个,——福德的老婆和佩奇的老婆有没有彼此相告,说她们有多爱我?
桂克丽	那真是笑话!——她们不会这么不懂体面,我希望——那才真是笑话!但佩奇夫人要您,为了爱的缘故,把您的侍童送给她。她丈夫特别感染②那小侍童。佩奇先生真是一个实诚人。在温莎,没一位夫人比她过的日子更舒心,愿干什么干什么,爱说什么说什么么,想要什么买什么,想睡了上床,想起了起

---

① 魔咒(charms, i.e. magic spells):朱生豪译为"迷人的魔力",梁实秋译为"魅力",彭镜禧译为"迷魂术"。

② 感染(infection to):桂克丽用错了词,她原想说"affection for"(喜爱)。

	床，一切随心所愿。这福分真是她应得的。倘若温莎出了一个贴心好女人，那准是她。您必须把侍童送给她，没法子。
福斯塔夫	嗯，我会的。
桂克丽	不，得照着做才行。到时候，您瞧，他可以在你俩之间来来去去①。甭管怎样，俩人该有个暗号，心思相互明白，无须让那孩子知晓。小孩子懂一丁点邪恶都没好处。上岁数的人，您知道，有判断力，正像人们说的，懂这个世界②。
福斯塔夫	再会，代我问候她们二位。拿上我的钱袋，把我当你的债务人。③——孩子，跟这妇人走吧。(桂克丽与罗宾下。)——这消息叫我慌了神！
皮斯托	这婊子是丘比特的一个信使。——撑满更多船帆，追上去，扯起战篷④，开火！她是我的战利品，否则，叫大海淹死她们！⑤(下。)

---

① 原文为"come and go"。朱生豪译为"来来去去传递消息"，梁实秋译为"传书递简"，彭镜禧译为"穿金银线"(并注：应为"穿针引线")。

② 原文为"know the world"。朱生豪译为"懂得世事，识得是非"，梁实秋译为"深通世故"，彭镜禧译为"了解人情书库"(并注：应为"人情世故")。

③ 意即我的钱拿去花，以后用钱找我要。原文为"There is my purse; I am yet thy debtor"。朱生豪译为："这几个钱你先拿去，我以后还要重谢你哩。"梁实秋译为："这是一点小意思；以后我还要会酬。"彭镜禧译为："我这钱包拿去；还不够还你人情呢。"

④ 战篷(fights)：指海战前掩护船员用的帆布篷。

⑤ 朱生豪译为："拉满弓弦，把她一箭射下，岂不有趣！"

福斯塔夫　　老杰克①,真有这种事?只管去吧,叫你这具老身板比以前更能干。她们还看得上你?花掉那么多钱,你现在还是赢家?好身板,我谢谢你。都说我长得太胖,只要胖得潇洒,那无关紧要。

(巴道夫持酒杯上。)

巴道夫　　　约翰爵士,下面有位布鲁克先生很想跟您谈谈,与您结交,还给大人您送来一杯早晨喝的萨克酒。

福斯塔夫　　他叫布鲁克?

巴道夫　　　是的,爵士。

福斯塔夫　　叫他进来。(巴道夫下。)只要酒满得溢出来,这样的布鲁克我就欢迎。②——啊,哈!福德夫人、佩奇夫人,被我抓住了吧③?开路,前进!

[巴道夫与手拿一袋钱、乔装打扮的福德(化名布鲁克)上。]

福德　　　　祝福您,爵士。

福斯塔夫　　也祝福您,先生。您有话跟我说?

福德　　　　与您见面,未及提前通禀,实感冒昧。

---

① "老杰克"是福斯塔夫的自称。
② 此句里"布鲁克"(Brooke)的名字含双关意,意即只要有酒溢出来,这样的小河(Brooks)我就欢迎。
③ 朱生豪译为:"你们果然给我钓上了吗?"梁实秋译为:"你们终于被我斗胜了吧?"彭镜禧译为:"可给我逮着了吧?"

福斯塔夫　　别客气。您有何打算？——酒保,请你离开。(巴道夫下。)

福德　　爵士,我是个绅士,花钱大手大脚。我叫布鲁克。

福斯塔夫　　仁慈的布鲁克先生,我愿多与您交往。

福德　　仁慈的约翰爵士,求您帮个忙。不用您破费。因为我得让您明白,我觉得我自己做一个放债人,比您更有条件,故此斗胆不请自来,多有打扰。俗话说,拿钱开道,路路畅通。

福斯塔夫　　钱是个好士兵,先生,能一路向前。

福德　　(放下钱袋。)以我的信仰起誓,我这儿有袋钱叫我伤脑筋。您若能帮我管钱,约翰爵士,都拿去,拿一半也行,好替我减轻负担。

福斯塔夫　　先生,我不知怎么做,才能当好您的搬运工。

福德　　假如您肯听,先生,我会跟您说。

福斯塔夫　　说吧,仁慈的布鲁克先生,乐意为您效劳。

福德　　先生,听说您是个学者。——简单说吧——虽说一直没找到好法子得缘与您相识,可我早就知道您。我要向您披露一件事,一经说出,非把我自己的缺点揭开大半。不过,仁慈的约翰爵士,在听我自揭短处之时,您得

	拿一只眼瞧着我的愚蠢①,另一只眼盯着您自己的记录,这样我可以轻易逃过责难,因为您心里清楚,犯这种罪有多么容易。
福斯塔夫	说得好,先生,接着说。
福德	这城里有位女士,丈夫的名字叫福德。
福斯塔夫	嗯,先生。
福德	我爱她好久了。敢向您发誓,我在她身上没少花费。我以一片宠爱的敬意追求她,凡有碰面机会,哪怕吝啬到只能瞧上一眼,每个细小的机会我都不放过。不仅给她买了很多礼物,还大把花钱向人打探,她喜欢人家送什么东西。简单,我去追她,就像爱情来追我,不放过任何一个机会。可是,尽管下心思、想办法,我可以肯定,应得的奖赏一样没得着,只有一个例外,那就是我以无价之价买下的经验这件珠宝,这个经验教会我这番话:
	拿形体求爱,爱像影子一样逃;②
	你逃它来追,你越来追它越逃。

---

① 愚蠢(follies):与"放荡"双关,故后文中"记录"(register)暗指福斯塔夫的"放荡记录"。

② 形体(substance):与"影子"相对应。亦可解作"财富"(wealth)、"身体"(body),意即拿金钱(身体)求爱,爱像影子一样逃。

福斯塔夫	您没从她手边得过任何回报的保证①?
福德	从没。
福斯塔夫	这层意思是您没求过她?
福德	从没。
福斯塔夫	那,您这算什么属性的爱?
福德	像一幢漂亮房子建在别人的土地上,只因盖错了地儿,废掉一座豪宅。
福斯塔夫	您向我透露这个,用意何在?
福德	我把要说的都告诉您,才算把话说完。有人说,别瞧她对我貌似贞洁,其他场合却放荡享乐,到目前为止,引来不少坏话恶评②。现在,约翰爵士,这才是我用意的核心。您是一个出身金贵、言谈令人钦佩③、社交广阔的绅士,您的地位、人品令人尊敬,您在军事、礼仪和学问上的成就,世所公认。——
福斯塔夫	啊,先生!
福德	相信它,您自己也清楚。——(手指钱袋。)这儿有钱,花掉它,花掉它,使劲儿花,把我的钱花光,作为交换,您只要多花点时间,向福

---

① 意即得过任何性回报的暗示?

② 原文为"shrewd construction"。朱生豪译为"闲话",梁实秋译为"恶意的批评",彭镜禧译为"难听的话"。

③ 原文为"admirable discourse"。朱生豪译为"谈吐风雅",梁实秋译为"谈吐文雅",彭镜禧译为"谈吐高雅"。

	德这个老婆的贞洁发起爱的围攻。用您的求爱手段,赢得她的同意。但凡有哪个男人能做到,准保是您。
福斯塔夫	我要把您想享用的赢过来,这对您的热切的爱情合适吗?我觉得,您开给自己的药方恰好相反。
福德	啊,了解一下我的计划:她如此安心地居于非凡的名誉之上,弄得我不敢显出灵魂的淫荡。她过于耀眼,无人敢对视。[1]眼下,一旦她有罪状落在我手里,我的欲望便有了凭证,就有理由去交付它们。[2]到那时,我就能把她,从她的纯洁、她的名誉、她的婚姻誓言,以及一千种其他防御的保护下赶出来,但现在,那些防御在我面前摆好阵势,简直太坚固了。约翰爵士,您说这计划怎么样?
福斯塔夫	布鲁克先生,我先冒昧收下您的钱。(收下钱袋。)其次,咱们握个手。最后,作为一个绅士,我一定叫您,只要您乐意,享用到福德他老婆。
福德	啊,好心的先生!

---

[1] 此处,福德把自己的夫人比作太阳,说她光芒闪耀,无法直视。
[2] 意即一旦让我抓住她的把柄,我就有凭证、有理由叫她满足我的欲望。

福斯塔夫	您一定享用得到。
福德	少不了您的钱,约翰爵士,一定不叫您缺钱。
福斯塔夫	少不了您的福德夫人,布鲁克先生,一定叫您缺不了。经她亲自邀约,——我可以告诉您,——我正要去见她。您来见我的时候,她那位帮手,也可能是中间人,刚离开这儿。我说,我马上要跟她在一起,十点到十一点,因为那个时间,她丈夫,那个嫉妒成性的下贱无赖,出门在外。晚上您来找我,我告诉您,我怎么得的手。
福德	结识您,很幸运。先生,您认得福德吗?
福斯塔夫	该吊死他,这个老婆偷人的穷鬼无赖!我不认得他。——可叫他穷鬼,倒冤枉了他。听人说,这个猜忌的、戴了绿帽子的无赖,趁好多钱。冲这个,我才觉得他老婆有几分好看。我要用她当钥匙,去打开这个老婆偷人的无赖的金库,那是我庆丰收的节日。
福德	我愿您认识一下福德,先生,万一见了他,也好回避。
福斯塔夫	该吊死他,下贱的叫卖咸黄油①的无赖!我要一瞪眼吓他个半死,我要拿棍子吓唬

---

① 叫卖咸黄油(salt-butter):意即卖便宜货。

	他,——叫棍子像颗流星似的,挂在这绿帽子男人头顶那只角上,布鲁克先生,你要晓得,我会制服这个乡巴佬,一定叫你睡上他老婆。——晚上早点儿来见我。——福德是个混蛋,我得给他加个头衔。你,布鲁克先生,会认识这个绿帽子混蛋。晚上早点儿来见我。(下。)
福德	这是个该下地狱的淫棍!——气得我心都要裂了。——谁说这是轻率的嫉妒?我老婆派人给他送信儿,约定时间,都配成对儿了。哪个男人会想到这种事?——讨一个不忠贞的老婆,等于见了地狱!我的床要受玷污,钱箱要遭洗劫,名誉要被啃光,我不仅将接受这一邪恶的耻辱,还必须容忍这般侮辱我的那个人,送我一个恶劣的绰号。绰号,名字!阿迈蒙这名字听着不赖;路西弗,凑合听;巴巴松,也不坏。可这些都是魔鬼的绰号,恶魔的名字。①可是,绿帽子男人!老婆偷腥的男人!——绿帽子男人!魔鬼自己也没这个绰号。佩奇是头蠢驴,一头过分自信的蠢驴。他信得过老婆,不肯嫉妒。

---

① 阿迈蒙(Amaimon)、路西弗、巴巴松(Barbason):三个都是魔鬼的名字。

我宁可把我的牛油托付给一个佛兰芒人,把我的奶酪托付给那个威尔士人休牧师,把我的烧酒瓶托付给一个爱尔兰人①,哪怕叫一个贼来驯我那匹容易骑的马,也不能让老婆自己待在家里。到时她会打主意,到时她会耍心眼儿,到时她会弄花招,她们心里怎么想,就会怎么做,——哪怕伤心,也要去做。感谢上天叫我有猜忌心!——约的十一点。——我要预先下手,戳穿我老婆,报复福斯塔夫,取笑佩奇。说干就干。宁可早三个钟头,不能晚一分钟。呸,呸,呸!绿帽男,绿帽男,绿帽男!

---

① 佛兰芒人爱吃牛油,威尔士人酷爱奶酪,爱尔兰人好饮烈酒。

第三场

温莎附近一原野

（凯乌斯医生与拉格比上。）

凯乌斯　　杰克·拉格比！

拉格比　　先生？

凯乌斯　　几点了，杰克？

拉格比　　休牧师答应碰面的时间，先生，已经过了。

凯乌斯　　上帝做证，他没来，算救了自己的灵魂。他尚经①祈祷得不错，没来。上帝做证，拉格比，如果他来了，已经没命了。

拉格比　　他是聪明人，先生，他知道，如果来了，大人您会杀了他。

凯乌斯　　上帝做证，我若杀了他，他会比鲱鱼死得更惨。（拔剑。）杰克，把剑拿出来。我告诉你我怎么要他命。

---

① 尚经（Pible）：即《圣经》（Bible）。凯乌斯英文发音不准。

拉格比　　哎呀,先生,我不会比剑。
凯乌斯　　奴才,把剑拿出来。
拉格比　　停手,有人来了。(凯乌斯插剑入鞘。)
(酒店老板、沙洛、斯兰德及佩奇上。)
酒店老板　上帝祝福你,医生勇士!
沙洛　　　上帝保佑您,凯乌斯医生大人。
佩奇　　　嗨,仁慈的医生大人。
斯兰德　　给您道早安,先生。
凯乌斯　　你们几位,一、二、三、四,都来干吗?
酒店老板　来看你决斗,看你突刺,看你左右移动,看你这儿一下,看你那儿一下,看你用剑尖儿一刺、一戳、反手一剑、保持距离、仰刺。①我的埃塞俄比亚人②,他死了吗?我的弗朗西斯科③,他死了吗?哈,勇士!我的埃斯科拉比乌斯④、我的盖伦⑤、我的接骨木的树心⑥,有

---

① 此处一系列描述均为击剑术语。酒店老板显示自己懂剑术。
② 埃塞俄比亚人(Ethiopian):泛指黑头发、黑皮肤之人。朱生豪译为"我的黑家伙"。
③ 弗朗西斯科(Francisco):凯乌斯医生是法国人,酒店老板在此故意以这个名字代指法国人。
④ 埃斯科拉比乌斯(Aesculapius):古希腊医药之神。
⑤ 盖伦(Galen, 129—199):古希腊名医兼作家。
⑥ 接骨木的树心(heart of elder):意即我的懦夫。与橡树的硬树心不同,接骨木的树心是软的,代指懦夫。

	何话说?哈,笑掉我大牙的勇士①,他死了吗?他死了吗?
凯乌斯	上帝做证,他是介寺上懦弱的杰克牧师②,他没敢露脸。
酒店老板	你是个管验尿的卡斯特利翁③国王!希腊的赫克托尔④,我的伙计!
凯乌斯	我请你们做个证,我在这儿等了他,六个还是七个,两个,三个钟头,他没来。⑤
沙洛	医生先生,他比常人聪明。他救治灵魂,您救治身体。万一动手,你们俩的职业恰好反过来。——佩奇先生,这话没错吧?
佩奇	沙洛先生,别看您现在是个管治安的人,可您也曾是个伟大的斗士。
沙洛	凭上帝亲爱的身体起誓⑥,佩奇先生,尽管现

---

① 笑掉我大牙的勇士(bully stale):另一说法为"我的老验尿员"。朱生豪译为"我的冤大头",梁实秋译为"验小便的",彭镜禧译为"尿壶兄"。

② 杰克牧师(Jack-priest):意即"无赖牧师"或"下贱牧师"。凯乌斯发音不准,他想说"他是这世上懦弱的无赖牧师"。

③ 卡斯特利翁(Castalion):西班牙一地名。在此可能暗指西班牙古王国的卡斯提尔(Castile)。

④ 朱生豪译为:"你是粪缸中的元帅,希腊的大英雄,好家伙!"梁实秋译为:"您是尿壶中的西班牙王!希腊的海克特,我的朋友!"彭镜禧译为:"你是西班牙验尿大王。希腊将军赫克托尔,我的老弟!"

⑤ 此处稍有费解,可能性有二:1.凯乌斯脑子犯晕,先以为等了"六七个小时",后改为"二三个小时";2.凯乌斯边说话,边数身边可为他做证的人数为"六七个"。

⑥ 凭上帝亲爱的身体起誓(Bodykins):一种轻咒。

	在我老了,又是治安官,但一见有人拔剑,就手指头发痒想加入。虽说我们是治安官、医生、牧师,佩奇先生,好歹体内还有几分年轻人的血性。咱们都是女人的儿子,佩奇先生。
佩奇	这是真的,沙洛先生。
沙洛	能感受这是真的,佩奇先生。——凯乌斯医生大人,我来接您回家。我宣誓当了治安官。您已证明自己是个聪明的医生,休牧师也已证明他自己是个聪明、有耐心的牧师。医生先生,您必须和我一起走。
酒店老板	请原谅,治安官房客①。——便液先生②?
凯乌斯	便液?啥么意思?③
酒店老板	勇士,在我们英国话里,便液就是勇气。
凯乌斯	上帝做证,那我有便液,同英国人一样多。——下流的杰克狗牧师!④上帝做证,我要把他耳朵割下来。
酒店老板	勇士,他会死命爪击⑤你一下。

---

① 治安官房客(guest-justice):治安官沙洛也是嘉德酒店的房客。
② 便液先生(Mockwater):液体粪便,即尿液。在此,酒店老板故意要让凯乌斯听不懂。
③ 凯乌斯英语、法语混说,意即什么意思?
④ 原文为"Scurvy Jack-dog priest"。意即"下流的公狗牧师!"或"下流的无赖牧师!"。朱生豪译为:"发臭的狗牧师!"梁实秋译为:"下贱的狗牧师!"彭镜禧译为:"下流的狗杂种牧师!"
⑤ 爪击(clapper-claw):酒店老板成心让凯乌斯听不懂。

凯乌斯　　爪击？啥么意思？

酒店老板　那意思是，他会向你赔罪。

凯乌斯　　上帝做证，我要瞧他爪击我，因为，上帝做证，他要他赔罪。

酒店老板　我要撺掇他这么做，不然，让他走开。

凯乌斯　　为辣个①，我谢谢您。

酒店老板　而且，还有，勇士。——(旁白。向沙洛、佩奇与斯兰德。)但首先，房客先生，佩奇先生，再加上斯兰德骑士，你们从城里穿过，到弗洛格穆尔②。

佩奇　　　休牧师在那儿，对吗？

酒店老板　他在那儿。看看他心情如何。我带医生从原野过去。这样好吧？

沙洛　　　我们照着做。

佩、沙、斯　再会。仁慈的医生先生。(佩奇、沙洛与斯兰德下。)

凯乌斯　　上帝做证，我要杀了那牧师，因为他替一只杰克猴儿③向安妮·佩奇提亲。

酒店老板　让他死。你把愤怒收到鞘子里，给火气浇上凉水。跟我从原野走，去弗洛格穆尔。我带

---

① 为辣个(for dat)：意即为那个事。
② 弗洛格穆尔(Frogmore)：临近温莎的一个小村子。
③ 一只杰克猴儿(a jack-an-ape)：意即一只无赖猿猴。朱生豪、彭镜禧译为"猴崽子"，梁实秋译为"一只骑马的猴子"。

		你去一农户家,安妮·佩奇小姐在那儿吃客饭,你正好向她求婚。喊我瞄准,这话妙吧?①
凯乌斯	上帝做证,为辣个我谢谢您。上帝做证,我爱您。我会把好房客给您找来。什么伯爵、骑士、领主、绅士,全是我的病人。
酒店老板	那为这个,我一定做您追求安妮·佩奇的"对手"②。这话好吧?
凯乌斯	上帝做证,这话,非常好。
酒店老板	那,咱们上路。
凯乌斯	跟在我脚后,杰克·拉格比。(同下。)

---

① 喊我瞄准(Cried game):原为射箭游戏中的鼓励用语"喊我瞄准"(Cried I aim),意即喊让我瞄准安妮·佩奇,这话说得妙吧?

② 对手(adversary):酒店老板明知凯乌斯听不太懂英语,便故意找与"advocate"(代言人)发音相近的"adversary"(对手)一词,意即我一定给你拆台。果然,凯乌斯不仅没听懂,反而表示感谢。

第三幕

第一场

弗洛格穆尔附近原野

（休·埃文斯牧师与辛普尔上。①）

埃文斯　　现在我请问,斯兰德先生的好心仆人,名叫辛普尔的朋友,您去哪条路上,找过那个自称医学博士的凯乌斯先生?

辛普尔　　以圣母马利亚起誓,先生,小公园路②,大公园路③,每一条路。老温莎④路,每一条路,除了去城里的路。

埃文斯　　我顶坚决地要求您,那条路也看一下。

辛普尔　　马上,先生。(下。)

---

① "皇莎版"此处舞台提示:埃文斯一手拿剑,一手拿书(《圣经》);辛普尔拿着埃文斯的修士长袍。
② 小公园路(Petty-ward):指通往温莎小公园的路。
③ 大公园路(Park-ward):指通往温莎大公园的路。
④ 老温莎(Old Windsor):邻近温莎的村子,弗洛格穆尔以南。

埃文斯　　　包佑①我的灵魂,我的胆汁多么胀满②,心灵正在发抖!——他若骗我,我倒乐了。——我多么忧郁!③——等我有了干这个活儿的好机会,我要拿这混蛋的尿壶敲他自己的大苹果头④。——包佑我的灵魂!——

(唱。)⑤

去浅溪边,去瀑布旁

聆听鸟儿悦耳的和鸣⑥。

我们要拿玫瑰铺好床,

那里有千支芳香花束。

去浅溪边——

怜悯我吧!我真想大哭一场。——

(唱。)

聆听鸟儿悦耳的和鸣。

---

① 包佑(pless):应为"bless"(保佑)。
② 我的胆汁多么胀满(how full of chollors I am):意即我都气坏了。
③ 埃文斯本想说:"我多么气愤!"
④ 大苹果头(costard):原义指一种大苹果,后转义指"头"。可能辛普尔脑袋大,故以"大苹果"称之。
⑤ 此处两段唱诗为莎士比亚对克里斯托弗·马洛的诗《多情的牧羊人致情人》(*The Passionate Shepherd to His Love*)稍加改编而成。马洛这首诗又名《牧羊人恋歌》,被视为英国文学史上最美的抒情诗之一。
⑥ 和鸣(madrigals):可能指民谣或情歌。

当我坐在帕比伦——①
那里有千支流浪花束。②
去浅溪边——

辛普尔　　（上前。）他从那边来了,这条路,休牧师。
埃文斯　　欢迎他。——（唱。）去浅溪边,去瀑布旁——愿上天包佑正义！——他拿的什么武器?
辛普尔　　手里没武器③,先生。我的主人,沙洛先生,还有一位绅士,从弗洛格穆尔,跨过篱笆墙边的台阶,往这儿来了。

（佩奇、沙洛与斯兰德上。）

埃文斯　　（读《圣经》。）请您把长袍给我,——算了,您还是抱着吧④。
沙洛　　怎么样,牧师先生？早安,仁慈的休牧师。不许赌棍碰骰子,不许好学者摸书,那才稀罕呐！
斯兰德　　（旁白。）啊,甜美的安妮·佩奇！

---

① 帕比伦（Pabylon）:即巴比伦（Babylon）,埃文斯发音不准。"当我坐在巴比伦"这句取自《旧约·诗篇》第137首第一行。
② 埃文斯在此想换一个词表达"芳香的"（fragrant）之意,结果说成了"vagram"（流浪的）。
③ 手里没武器（no weapons）:此处辛普尔的意思可能是凯乌斯不像埃文斯似的手里拿剑,凯乌斯的剑没在手里,插在剑鞘里。
④ 埃文斯脱掉修士袍,手里拿剑,一副要与凯乌斯决斗的架势；听辛普尔一说凯乌斯没拿武器,便想穿上长袍。

佩奇　　　　上帝保佑您,仁慈的休牧师!
埃文斯　　　愿他出于仁慈包佑您,你们大家!
沙洛　　　　怎么,一手剑,一手经文①!牧师先生,这两样您都研究?
佩奇　　　　您可真年轻,在这叫人害风湿病的阴冷天,还穿紧身夹克和马裤②?
埃文斯　　　这个有理由,有原因。
佩奇　　　　牧师先生,我们来为您做一件好事。
埃文斯　　　非常好,什么事?
佩奇　　　　那边有位最可敬的绅士,估计,有谁冒犯了他,整个人变得不顾自己的尊严与耐心③,您从未见过。
沙洛　　　　我已活了八十往上,从没听说过,像他这个地位,有尊严、又有学位的人,会这么不顾脸面。
埃文斯　　　说的谁?
佩奇　　　　我想您认得他,凯乌斯医生先生,知名的法国医生。

---

① 参见《新约·以弗所书》6:17:"你们要以救恩做头盔,以上帝的话做圣灵所赐的宝剑。"
② 马裤(breeches):裤脚系于膝下的半长裤。
③ 原文为"at most odds with gravity and patience"。朱生豪译为:"在那儿大发脾气。"梁实秋译为:"在那里怒气冲冲的沉不住气。"彭镜禧译为:"完全顾不得自己的庄重与耐性。"

埃文斯　　桑帝的意志，我心里对他的怒火！跟我提他，我宁愿你们在说一锅烂粥。

佩奇　　为什么？

埃文斯　　他对希波克拉底①和盖伦没多少知识，——而且，是个无赖，一个你们特想结交的无赖孬种。

佩奇　　（向沙洛。）我向您保证，他就是那个要跟他决斗的人。

斯兰德　　（旁白。）啊，甜美的安妮·佩奇！

沙洛　　看来是这样，他拿着武器。——把他们隔开。——凯乌斯医生来了。

（酒店老板、凯乌斯与拉格比上。凯乌斯与埃文斯准备决斗。）

佩奇　　不，仁慈的牧师先生，把武器收起来。

沙洛　　您也是，仁慈的医生先生。

酒店老板　　解除武器，让他们俩斗嘴。让他们剁碎咱们的英语，好保全他们四肢。

（沙洛与佩奇拿走两人的剑。）

凯乌斯　　请您，让我跟您耳朵说句话，您为啥么②不来见我一面？

---

① 希波克拉底（Hippocrates，前460—前377）：原文中埃文斯发错了音，应读作"Hibbocrates"。古希腊名医，被誉为"西方医学之父"。
② 凯乌斯说不好英文，把"wherefore"（为什么）读成"vherefore"（为啥么）。

埃文斯	（旁白。向凯乌斯。）请您，用您的耐心①。——（大声。）来得正是时候。
凯乌斯	上帝做证，您是一个懦夫，一只杰克狗、约翰猴儿！
埃文斯	（旁白。向凯乌斯。）请您，咱们不要合了别人的心意，成为笑柄。我愿跟您交朋友，我会设法向您赔罪。——（大声。）我要用您的尿壶敲您这无赖的鸡冠子②。
凯乌斯	"魔鬼"③！——杰克·拉格比，——我的嘉特酒店老板，——难道我没等着要杀他吗？在我指定的辣地方④，没有吗？
埃文斯	因我有一颗基督徒的灵魂，现在，您瞧，这儿就是指定地点。我要叫我的嘉德酒店老板做个判断。
酒店老板	安静，我说，加利亚和高卢⑤，法国人和威尔士人，治灵魂病的和治肉体病的！
凯乌斯	对，这个话很好，妙。

---

① 用您的耐心（use your patience）：意即请您忍着点儿。
② 您这无赖的鸡冠子（your knave's coxcomb）：埃文斯以"鸡冠子（花）"代称凯乌斯的头。此句原文为"I will knog your urinal about your knaves's coxcomb"。朱生豪译为："我要把你的便壶摔在你的狗头上。"梁实秋译为："我要用你的尿壶砸你的脑袋。"彭镜禧译为："看我不拿您的尿罐子砸您这无赖的老呆瓜才怪。"
③ "魔鬼"：此处原文为法文"diable"。
④ 辣地方（at de place）：意即那地方。
⑤ 加利亚（Gallia）：原文为拉丁文，即威尔士（Wales）。高卢（Gaul）即法兰西。

| 酒店老板 | 安静,我说!听嘉德酒店老板说。我狡猾吗?我奸诈吗?我是个马基雅维利①?我能少了我的医生吗?不能,他给我开治病的药、通便的药。我能少了我的牧师、我的教士、我的休牧师吗?不能,他给我箴言和警示之语②。——(向凯乌斯。)把手给我,归属尘世之人,很好。——(向埃文斯。)手伸给我,归属天国之人,很好。③两个有技能的家伙,我把你俩都骗了。我把你们引错了地方。你们,勇气是强大的,皮肤是完好的,让温热的萨克酒来收场。④——(向佩奇与沙洛。)把他们的剑拿走,押给当铺。——(向凯乌斯与埃文斯。)随我来,和平的小伙子们,跟我走,跟我走,跟我走。(下。) |

---

① 马基雅维利(Machiavelli, 1469—1527):意大利哲学家、史学家、政治家,著有《君主论》(*The Prince*)。在伊丽莎白时代的英格兰,"马基雅维利"这个名字是不择手段的阴谋家、密谋家的同义语。
② 原文为"gives me the proverbs and the noverbs"。朱生豪译为:"给我念经讲道。"梁实秋译为:"给我讲经说道。"
③ 因凯乌斯医生负责照顾人的肉体,酒店老板以"归属尘世之人"称之;因埃文斯牧师负责处理人的精神事务,酒店老板以"归属天国之人"称之。
④ 原文为"Your hearts are mighty, your skins are whole, and let burned sack be the issue"。朱生豪译为:"现在我们已经知道你们两位都是好汉,谁的身上也不曾伤了一根毛,落得喝杯酒,大家讲和了吧。"梁实秋译为:"你们都很勇敢,你们谁也没有受伤,结果喝杯热酒算了。"彭镜禧译为:"你们的胆子都够大,你们的体肤都无损,咱们喝杯热乎乎的白葡萄酒,事情就此结束吧。"

沙洛　　　　信我的话，一个疯老板！——跟他走，先生们，跟他走。

斯兰德　　　(旁白。)啊，甜美的安妮·佩奇！(沙洛、斯兰德与佩奇下。)

凯乌斯　　　哈，我真被辣个骗了？您真以为我是傻蛋？哈，哈！

埃文斯　　　这倒好，他拿我们当他的笑柄。——我愿您，咱们交个朋友，让我们两个脑瓜敲一块儿①，去报复这个卑鄙、下流、骗人的无赖，这个嘉德酒店老板。

凯乌斯　　　上帝做证，全心赞同。他答应带我去找安妮·佩奇。上帝做证，他也骗了我。

埃文斯　　　那好，我要狠敲他脑壳。请您，跟我走。(下。)

---

① 让我们两个脑瓜敲一块儿(knog our prains together)：意即把咱们俩的脑子凑一起。

第二场

温莎一街道

（佩奇夫人与罗宾上。）

佩奇夫人	不,一直走,小勇士。您向来跟在人后头,可现在你是个带路的。您是愿引领我的双眼,还是愿用眼盯着您主人的脚后跟?
罗宾	我宁愿,真的,走您前头,像个大男人,也不愿跟他后头,像个小矮子。
佩奇夫人	啊,这孩子倒会说奉承话。我看将来可以当个侍臣。

（福德上。）

福德	巧遇啊,佩奇夫人。您去哪儿?
佩奇夫人	说实话,去看您夫人。她在家吗?
福德	在。因为没有伴儿,一人闲得无聊。如果你们都死了丈夫,我看,你俩正好结婚。
佩奇夫人	那没说的,——再嫁两个丈夫。

佩奇夫人　　不,一直走,小勇士。

福德	您从哪儿弄来这只漂亮的风信鸡①?
佩奇夫人	那个把他送给我丈夫的什么魔鬼②,我叫不出名字。——小子,您那位骑士叫什么名字?
罗宾	约翰·福斯塔夫爵士。
福德	约翰·福斯塔夫爵士?
佩奇夫人	是他,是他。我老记不住他叫什么。——我的好男人③跟他有这么个交情。——您夫人真在家?
福德	真在。
佩奇夫人	那先走一步,先生。再见不着她,我快犯病了。(佩奇夫人与罗宾下。)
福德	佩奇没脑子吗?没长眼睛?没了思想?脑子、眼睛都睡了,他没法用。哎呀,这孩子把一封信送到二十里外,像一发炮弹射二百四十码那么容易。他增强他老婆的意愿,给她

---

① 风信鸡(weather-cock):指罗宾。可能指罗宾个子矮小,也可能指罗宾穿着花哨衣服或戴的帽子上插了羽毛。
② 魔鬼(dickens):此处"魔鬼"加重语气,意即那个什么人。
③ 我的好男人(my good man):朱生豪、梁实秋均译为"我的丈夫",彭镜禧译为"我那男人"。

淫荡的提示和机会①。她现在去找我老婆，还带着福斯塔夫的侍童。——一个男人听风该知雨要来。——还带着福斯塔夫的侍童！——好计谋！——都安排妥了，要我俩反叛的妻子一起永受地狱之苦②。哼，我要抓住他，然后拷问我老婆，扯下佩奇夫人那借来的、看似贞洁的面纱，叫佩奇自我展露他是一个情甘意愿的亚克托安，所有邻居都会对我这些狂暴行为高喊"瞄得准"③。（钟鸣。）钟声给我提示，信心命我搜查④。我一定能在那儿找到福斯塔夫。为此，我会受赞扬，而非嘲笑，因为就像地球有固定位置，福斯塔夫一定在那儿。我马上去。

---

① 原文为"He pieces out his wife's inclination, he gives her folly motion and advantage"。朱生豪译为："他放纵他的妻子，让她想入非非，为所欲为。"梁实秋译为："他探测出了他的太太的意向；他纵容她，给她荒唐的机会。"彭镜禧译为："他放任他老婆随心所欲，他鼓励她，给她机会。"

② 原文为"our revolted wives share damnation together"。朱生豪译为："我们两家不贞的妻子，已经通同一气，一块儿去干这种不要脸的事啦。"梁实秋译为："我们的不忠实的妻子一同去做坏事。"彭镜禧译为："咱们两个不忠的老婆要一块儿下地狱。"

③ 高喊"瞄得准"（cry aim）：射箭比赛中鼓励的呼喊，意即高声喝彩。原文为"to these violent proceedings all my neighbours shall cry aim"。朱生豪译为："我干了这一番轰轰烈烈的事情，人家一定会称赞我。"梁实秋译为："这一连串骇人听闻的举动将使我的邻人们一致喝彩。"彭镜禧译为："我这惊天动地的作为，左邻右舍一定会大声喝彩。"

④ 原文为"The clock gives me my cue, and my assurance bids me search"。朱生豪译为："时间已经到了，事不宜迟，我必须马上就去。"梁实秋译为："钟声指示我下手的时间到了，我的信心催我前去搜查。"彭镜禧译为："钟声在提醒我，我有把握，赶快去搜。"

（佩奇、沙洛、斯兰德、酒店老板、埃文斯、凯乌斯与拉格比上。）

沙、佩及其他	巧遇啊，福德先生。
福德	没说的，一群好心人。我家里有吃喝招待，请你们全都跟我来。
沙洛	我得失陪了，福德先生。
斯兰德	我也得失陪，先生。我们已约好同安妮小姐一起用餐，给我再多钱，我也不会失这个约。
沙洛	我们一直等在这儿，是为了安妮·佩奇和我外甥斯兰德的婚事，今天该给我们一个回话。
斯兰德	佩奇老人家，希望我能中您的意。
佩奇	中意，斯兰德先生，我完全支持您。——可我夫人，医生先生，却向着您。
凯乌斯	对，上帝啊，那姑娘是爱我的。我的管家桂克丽是这么跟我说的。
酒店老板	（向佩奇。）您觉得年轻的芬顿先生如何？他生性愉快活泼，会跳舞，一双青春的眼睛，能写韵诗，言语动人，满身四五月①的芳香。他会成功的，会成功的，他有内在

---

① 四五月（April and May）：意即身上溢满春天的气息。

	本钱①，会成功的。
佩奇	我可以告诉您，别指望我答应。这位先生没钱没财，曾跟那个浪荡王子和波恩斯②一起鬼混。他社会地位太高，知道得太多。不，休想拿我财富的手指头替他的钱财打一个结③。倘若他要娶她，光娶人好了。我的钱财要我点头才行，我不会冲那个方向点头。
福德	我真心恳求你们，来几位跟我回家吃饭。有吃有喝，还能叫你们消遣。我要给你们看个怪物④。——医生先生，您一定来。——佩奇先生，您也来。——还有您，休牧师。
沙洛	那好，再会。——（旁白。向斯兰德。）去佩奇先生家求婚，咱们更自在。（沙洛与斯兰德下。）
凯乌斯	回去吧，约翰·拉格比。我很快回家。（拉格比下。）
酒店老板	再会，好朋友们。我去找那位诚实的骑士福斯塔夫，与他共饮加纳利。

---

① 他有内在本钱（'tis in his buttons）：此处按"皇莎版"释义为"he has the essential quality within him"，意即他稳操胜券。朱生豪译为："他好像已经到了手，放进了口袋、连扣子都扣上了。"梁实秋译为："他有办法。"彭镜禧译为："可以打包票。"

② 浪荡王子和波恩斯（wild prince and Poins）：即《亨利四世》中与福斯塔夫混在一起的亨利王子（哈尔）和波恩斯。

③ 意即休想拿我的钱去改变他自己的窘状。

④ 怪物（monster）：指福斯塔夫。

福德　　　　（旁白。）我想,得先跟他喝管子里的酒①。我要叫他跳起来②。——（大声。）先生们,一起走?
众人　　　　跟您一起,去看这个怪物。(同下。)

---

① 管子里的酒(pipe wine):即从木酒桶管子(pipe)流出的酒,含双关意,指"木笛"(pipe),意即我要叫他听着木笛跳舞(双关意:我要在他喝管子酒的时候揍他)。
② 意即我要把他打得跳起来。

第三场

福德家中一室

（福德夫人与佩奇夫人上。）

福德夫人　　喂，约翰！喂，罗伯特！
佩奇夫人　　赶快，快！——那个放脏衣服的筐——
福德夫人　　保证弄好。——喂，罗宾，我说！

（仆人约翰和罗伯特携一洗衣篮上。）

佩奇夫人　　来，来，来。
福德夫人　　这儿，搁下。
佩奇夫人　　跟您的仆人交代几句，只能简单说。
福德夫人　　以圣母马利亚起誓，按我事先说的，约翰、罗伯特，你俩在酿酒房近旁准备好，听我一声招呼，你们立刻前来，别有一丝耽搁或犹豫，把这个筐扛在肩上，完事儿后，全速开步走，

	把筐扛到达切特草地①漂白衣物的空地②上，在那儿，把筐里东西倒在紧邻泰晤士河边的泥沟里。
佩奇夫人	（向约翰、罗伯特。）你们干得了吧？
福德夫人	我跟他们说好几遍了，不会失了方向③。——去吧，等我一喊，就来。

（约翰与罗伯特下。）

佩奇夫人	小罗宾来了。

（罗宾上。）

福德夫人	怎么样，我的小雏鹰④，有什么消息？
罗宾	我的主人，约翰爵士，已从您家后门进来了，福德夫人，他想请您赏光。
佩奇夫人	您这个杰克小鬼头⑤，没对我们变心吧？
罗宾	没，我发誓。我的主人不知道您在这儿，还威胁说，我若把这事儿告诉您，就把我带入永久的自由⑥。因为他发了誓，说要赶我走。

---

① 达切特草地（Datchet Mead）：位于温莎小公园和泰晤士河之间。
② 漂白衣物的空地（among the whitsters）：此处按"皇莎版"释义为"whitsters, i.e. bleachers of clothing"。朱生豪译为："跟着那些洗衣服的人一起到野地里去。"梁实秋译为："漂白衣裳的人群中间。"彭镜禧译为："跟着那些漂白布的人。"
③ 原文为"lack no direction"。朱生豪译为"不会弄错的"，梁实秋译为"知道怎么做"，彭镜禧译为"不会弄不清楚的"。
④ 小雏鹰（little eyas-musket）：羽毛未丰的幼鹰，比喻儿童。
⑤ 杰克小鬼头（Jack-a-Lent）：原指四旬斋期间放在街头、身穿彩衣的用稻草扎成的小人儿，供孩子们投石玩耍。
⑥ 把我带入永久的自由（put me into everlasting liberty）：意即把我永久解雇。

泰晤士河

佩奇夫人　　你是个好孩子,守住这个秘密,我要找个裁缝,给你做一件新的紧身衣和短裤①。我得藏起来。

福德夫人　　快去藏。——(向罗宾。)去跟你的主人说,我一个人在家。(罗宾下。)——佩奇夫人,记住该您出场的提示②。

佩奇夫人　　我向你保证,要是演砸了,嘘我好了。(下。)

福德夫人　　那好,去吧。我们要对付这一团害人的潮气③,这个满肚子坏水的大胖南瓜。我们要教他懂得斑鸠和松鸦不一样④。

(福斯塔夫上。)

福斯塔夫　　我抓住你了,我天上的珠宝。⑤哎呀,现在就让我死,我已经活得够长。这是我雄心的目标。啊,这幸福的时刻!

福德夫人　　啊,亲爱的约翰爵士!

福斯塔夫　　福德夫人,我不能骗你,我不能空谈,福德夫

---

① 紧身上衣和宽松短裤是莎士比亚时代的普通男装。

② 出场的提示(cur):当时舞台表演时,一个演员的台词尾白(cur)即是下一个演员的出场提示。后文中,因福德带人前来,佩奇夫人匆忙出场,故未按此要求来。

③ 一团害人的潮气(a unwholesome humidity):即福斯塔夫。朱生豪译为"肮脏的脓包",梁实秋译为"一团毒雾",彭镜禧译为"病态的水囊"。

④ 斑鸠和松鸦不一样(turtles from jays):斑鸠,比喻忠贞的妻子;松鸦,羽毛鲜艳,喜大声鸣叫,代表淫荡的女性。

⑤ 这一句改自菲利普·西德尼爵士(Sir Philip Sidney)的十四行诗集《阿斯托菲尔与斯泰拉》(Astrophil and Stella)第二首中的一句。

　　　　　　　人。现在我有了罪恶的心愿，——愿你丈夫死掉。我愿当着最尊贵领主的面讲。——我愿娶你当夫人。

福德夫人　　当您夫人，约翰爵士？哎呀，那我会是个可怜兮兮的夫人！

福斯塔夫　　让法兰西宫廷再找个同样的给我看。我看你的眼睛比得过钻石，刚好你弓形的秀美额头，能配上船形的发饰，精制的发饰或任何一种威尼斯流行的发饰①。

福德夫人　　一条素雅的头巾，约翰爵士。我的额头配不上任何东西，哪怕头巾也不大配。

福斯塔夫　　说这种话，你是个暴君。②你能成为一个完美的朝臣，自信的脚步，会使你半圆裙环③里的步态优雅多姿。大自然偏爱福德夫人，若非命运女神与你结仇，我看得出你是怎样一

---

① 当时英国女性以效仿威尼斯女性的发饰为时髦。

② 原文为"Thou art a tyrant to say so"。"牛津版"此处作"By the Lord, thou art a traitor to say so"。(凭主起誓，说这种话，你是个叛徒。)意即你这话说得太残忍了。朱生豪译为："你说这样话，未免太侮辱了你自己啦。"梁实秋译为："你这样说可未免对你自己太不忠实了。"彭镜禧译为："你讲这话太残酷了。"

③ 裙环(farthingale)：旧时女性用以撑大裙子的鲸骨圆环。朱生豪译为"圆圆的围裙"，梁实秋译为"在半圆形的裙架里"，彭镜禧译为"半撑的圆裙"。

	个人。①好了,你无法隐藏。
福德夫人	信我的话,我身上没这种东西。
福斯塔夫	我凭什么爱上你?单凭这一点,你该相信自己身上有非凡之处。来,我不会哄人,说你这样、那样,像那些说话嗲声嗲气的稚嫩侍臣,像那些身穿男装的女人,浑身一股仲夏时节巴克斯伯里②的气味。我做不到。但我爱你。除了你谁也不爱。——你最值得我爱。
福德夫人	别骗我了,先生。只怕您爱的是佩奇夫人。
福斯塔夫	倒不如干脆说,我喜欢去康特门③边上溜达,我恨那儿的臭味,就像恨一座石灰窑冒的烟。④
福德夫人	好,上天知道我有多爱您,总有一天您会

---

① 原文为"if Fortune thy foe were not, Nature thy friend",意即大自然给了你美貌,只要命运女神对你好,让我来提升你的身份。朱生豪译为:"命运虽然不会眷顾你,造物却给了你绝世的容姿。"梁实秋译为:"我看出你是怎样的一个人,天生丽质,可惜命途多舛。"彭镜禧译为:"我看得出你天生丽质,要不是命运和你作对,你应该飞上高枝。"

② 巴克斯伯里(Bucklersbury):伦敦一条街名,在莎士比亚时代为花果店、药草店集中之地,意即浑身一股花果、药草的气味。

③ 康特门(Counter-gate):旧时伦敦债务人监狱,位于南华克区,门前污秽不堪。

④ 原文为"Thou mightst as well say I love to walk by the Count-gate, which is as hateful to me as the reek of a lime-kiln"。朱生豪译为:"难道我放着大门不走,偏偏要去走那倒霉的、黑黢黢的旁门吗?"梁实秋译为:"我喜欢在债务拘留所大门附近散步,那地方之臭气熏天正和石灰窑一般可厌。"彭镜禧译为:"我恨那地方就像我恨石灰窑的臭味。"

	发现。
福斯塔夫	守住这份心意,我会配得上它。
福德夫人	不,我必须跟您说,您得配得上,否则,我守不住那份心意。
罗宾	(在内。)福德夫人!福德夫人!佩奇夫人到门口了,满头汗,呼哧带喘,神色慌张,要立刻见您说话。
福斯塔夫	别让她看见我。我要藏在挂毯后面。(福斯塔夫藏身。)
福德夫人	请您,快藏起来。她是个说三道四的长舌妇。

(佩奇夫人与罗宾上。)

福德夫人	出什么事了?怎么了?
佩奇夫人	啊,福德夫人!您都干了些什么?您丢脸了,栽跟头了,这辈子算毁了!
福德夫人	怎么回事,好心的佩奇夫人?
佩奇夫人	啊!呜呼,福德夫人,您有个牢靠男人当丈夫,还给他这种猜疑的理由!
福德夫人	什么猜疑的理由?
佩奇夫人	什么猜疑的理由?活该您倒霉!我怎么看错了您!
福德夫人	呦!哎呀!怎么回事?
佩奇夫人	您丈夫正往这边来,女人,他带了温莎所有治安官,要搜寻一个绅士,他说那人此刻就

	在这间屋里,经您同意的,趁他不在家的邪恶之机。您完蛋了!
福德夫人	没有这样的事,我希望。
佩奇夫人	求上天没这种事,愿您这儿没这么个男人!可千真万确,您丈夫来了,温莎城一半人跟在他后头,要搜寻这个人。我先来告诉您。您要是自认清白,好哇,我替您高兴。可您要有个情人在这儿,弄走,弄他走。别慌神,召唤您的所有感官①,守护您的名誉,否则,永远告别您的好日子。
福德夫人	我该怎么办?——有个绅士在这儿,我的好朋友。——我倒不怕自己丢脸,更担心他的危险!我宁愿出一千镑,把他弄出这屋子。
佩奇夫人	真丢脸!别宁愿来、宁愿去的浪费时间。您丈夫说话就到!得想个法子把他弄走,屋子里藏不住人。——啊,您居然骗我!——瞧,这儿有个筐,假如他身量合适,可以爬到筐里,把脏兮兮的亚麻布扔他身上,好像正要送出去洗。要不,——现在正是漂白衣物的时间——您派俩仆人把他送到达切特

---

① 召唤您的所有感官(call all your senses to you):指唤醒人的五种感觉器官(视、听、嗅、味、触)。朱生豪译为"镇静一点",梁实秋译为"要镇定",彭镜禧译为"赶紧清醒过来"。

草地。

福德夫人　　他个头太大,进不去。我该怎么办?

福斯塔夫　　(从藏身处出来。)让我来看,让我来看,啊,让我来看!——进得去,进得去。我进去。听您朋友的建议。——我进去。

佩奇夫人　　(旁白。向福斯塔夫。)怎么,约翰·福斯塔夫爵士? 您信上怎么说的,骑士?

福斯塔夫　　(旁白。向佩奇夫人。)我爱你,除了你谁也不爱。——(大声。)帮我离开。让我爬进去。我决不会——(爬进筐里。她们把脏亚麻布盖他身上。)

佩奇夫人　　(向罗宾。)帮着把你主人盖上,孩子。——招呼仆人,福德夫人。——(向福斯塔夫。)您这个骗人的骑士!

福德夫人　　喂,约翰! 罗伯特! 约翰!(罗宾下。)

(约翰与罗伯特上。)

福德夫人　　快去把这儿的这些衣服抬起来。——杠子在哪儿?(两人往筐上穿杠子。)瞧,这么慢手慢脚! 把这些衣物送到达切特草地的洗衣妇那儿。赶快,来。

(福德、佩奇、凯乌斯与埃文斯上。)

福德　　　　(向佩、凯、埃。)请你们,靠近些。我要是毫无缘由瞎猜疑,到时你们取笑我好了,拿我当笑料,算我活该应受的。——怎么! 你们抬着

约翰	这筐去哪儿？
	实话说，去洗衣妇那儿。
福德夫人	哎呀，他们要抬去哪儿，关您什么事？洗衣服这类闲事，您最好少管。
福德	洗衣服！——真想把我自己这头雄鹿洗一下！[1]——雄鹿，雄鹿，雄鹿！唉，雄鹿！我向您保证，雄鹿——而且，正是发情的季节，马上要交配了[2]。(约翰与罗伯特抬筐下。)先生们，我昨夜做了个梦。跟你们说说这个梦。——这儿，这儿，我钥匙在这儿。上楼，去我卧室，去搜，去找，找出来。我保证我们能把这只狐狸赶出来[3]。让我先把路堵死。(锁屋门。)——好，现在撒开了追[4]。
佩奇	仁慈的福德先生，冷静。您太委屈自己了。
福德	没错，佩奇先生。——上楼，先生们。很快

---

[1] 洗衣服(buck)：含双关意，指"雄鹿"(buck)，成年雄鹿头上长角，鹿角代表"戴绿帽子的男人"和"好色的男人"。朱生豪译为："我倒希望把这屋子也洗洗干净呢，什么野畜生都可以跑进跑出。"梁实秋译为："我愿把我自己头上的角也洗掉！"彭镜禧译为："我倒巴不得洗刷我自己的绿帽子！"

[2] 原文为"and of the season too, it shall appear"，"season"指动物发情交配的季节。朱生豪译为："还是一头交配时期的野畜生呢！"梁实秋译为："而且正是季节，它即将出现。"彭镜禧译为："而且来得还正是时候。"

[3] 赶出来(unkennel)：指把野兽从洞中赶出。

[4] 撒开了追(uncape)：狩猎术语，指发现猎物后，撒开手里牵着的猎狗，开始追逐猎物。朱生豪译为："咱们捉狐狸去。"梁实秋译为："现在下手吧。"彭镜禧译为："现在给我出来！"

|||就有热闹看了。随我来,各位。(下。)
埃文斯|这脾性和猜疑奇怪透顶。
凯乌斯|上帝做证,法兰西不兴这一套。法兰西没猜疑这么一说。
佩奇|不,跟着他,先生们。看他搜出什么结果。
|(佩奇、凯乌斯与埃文斯下。)
佩奇夫人|这不是有双倍的好处?①
福德夫人|真不知哪样叫我更开心——我丈夫受骗,还是约翰爵士。
佩奇夫人|当时您丈夫问筐里装了什么,他肯定慌了神!
福德夫人|我怕是有一半觉得,该把他吓出尿来洗一洗,所以把他扔水里,兴许对他有好处。
佩奇夫人|该吊死他,不正经的贱骨头!愿一切有这类本性的人吃同样苦头!
福德夫人|我想我丈夫有点特别怀疑福斯塔夫在这儿——我从没见他有过这么邪性的嫉妒心。
佩奇夫人|我要想个计策试探一下。咱们还要多耍弄福斯塔夫几回。治他的风流病,这一剂药几乎不管用。
福德夫人|要不咱们打发那个愚蠢的老女人,桂克丽夫人,去见他,解释一下把他扔进水里的事,给

---

① 意即这岂不是一举两得?

	他另一个希望,骗他再受一次惩罚?
佩奇夫人	就这么办。让他明天八点钟来,给他点儿补偿。

(福德、佩奇、凯乌斯与埃文斯上。)

福德	找不到他。八成那混蛋只是吹牛,根本没这本事。
佩奇夫人	(旁白。向福德夫人。)这话您听见了?
福德夫人	(旁白。向佩奇夫人。)嗯,嗯,安静。——您对我很好,福德先生,是吧?
福德	对呀,当然。
福德夫人	愿上天把您这人变得比您的念头更好!
福德	阿门!
佩奇夫人	福德先生,您太对不起自己了。
福德	是啊,是啊,自作自受。
埃文斯	要是能在这宅子里、在卧房里、在箱子里,还有大柜子里,随便找出个人来,到了最后审判日,愿上天宽恕我的罪过①。
凯乌斯	上帝做证,我也是。连个人影都没有。
佩奇	呸,呸,福德先生,您不觉得羞愧吗?什么幽灵、什么魔鬼引得您生出这种幻觉?哪怕把温莎城堡的财富都给我,我也不愿有您这种

---

① 关于《圣经》中的"末日审判"与"宽恕罪恶",参见《新约·启示录》20:11—15。

	臭脾气①。
福德	是我的错,佩奇先生。为这个,我遭了罪。
埃文斯	遭罪是因为您有一颗坏良心。您的妻子是个贞洁女人,五千人里挑不出一个,五百人里也挑不出来。②
凯乌斯	上帝做证,我看这是个贞洁女人。
福德	好。——我答应过请你们吃顿饭。——来,来,到公园散个步,恳请各位原谅。以后会告诉你们,我为什么这么做。——来,夫人。——来,佩奇夫人。——请你们,原谅我。真心恳请原谅我。
佩奇	(向凯乌斯与埃文斯)先生们,咱们进去。但没说的,咱们一定要取笑他。——(向福德、凯乌斯与埃文斯)诚邀各位明天一早来我家吃早饭。吃完,我们一起去打鸟。我有一只很棒的猎鹰,专会捉灌木丛中的鸟。就这么办?
福德	随便。
埃文斯	有一个去的,我就陪他当第二。

---

① 原文为"I would not ha' your distemper in this kind for the wealth of Windsor Castle"。朱生豪译为:"我希望您以后再不要发这种精神病了。"梁实秋译为:"就是把温莎宫的财产都给了我,我也不肯像你这样的丧心病狂。"彭镜禧译为:"就是把温莎城堡全部财富都给我,我也不要犯您这种毛病。"

② 埃文斯英文说不利索,逻辑不清。

凯乌斯　　有一两个去的,我来当辣第三个①。

福德　　　请您,走了。佩奇先生。(除埃文斯与凯乌斯外,众下。)

埃文斯　　请您现在记牢,咱们明天要报复那个下贱无赖②,我的酒店老板。

凯乌斯　　很好,上帝做证,我全心牢记。

埃文斯　　一个下贱无赖,竟敢嘲笑、耍弄人!(同下。)

---

① 凯乌斯英法语混说,意即我来当那第三个。
② 埃文斯英语不利索,意即咱们现在就记好,明天别忘了报复那个下贱无赖。

第四场

佩奇家中一室

（芬顿、安妮·佩奇、桂克丽夫人上。桂克丽夫人一旁站立。）

芬顿　　看来我得不到你父亲的喜爱，所以别再跟他提我，亲爱的安。

安妮　　哎呀，那怎么办？

芬顿　　嗯，你必须自己拿主意。他反对我，说我出身太高贵，又说，我的家产被我的挥霍侵蚀①，只想靠他的财富来治愈。除此之外，他还把其他障碍摆在我面前，——过去生活放荡，滥交朋友，还对我说，我只把你当一份财产来爱，这个事不可能。

安妮　　他也许说对了。

---

①　侵蚀：原文为"galled"，本义指被（海水）侵蚀。朱生豪译为："家产不够挥霍。"梁实秋译为："家产挥霍殆尽。"彭镜禧译为："把财产挥霍一空。"

芬顿　　不,愿上天快叫我顺遂的时刻到来①!尽管我承认,你父亲的财产是我向你求婚的第一动机,安妮,可是,一向你求婚,我就发现,你比金币上的图案或密封口袋里的总钱数②更有价值。我现在瞄准的,是你自身的大量财富。

安妮　　仁慈的芬顿先生,还是要寻求我父亲喜爱,一直寻求,先生。倘若时机和最谦卑的求婚都不能使你得手,哎呀,那,——到这儿来听我说!

（两人在一旁私语。）

（沙洛、斯兰德与桂克丽夫人上。）

沙洛　　桂克丽夫人,打断他们谈话,叫我外甥自己说。

斯兰德　　管它横竖长短,我都试一下。③以上帝的眼皮④起誓,只能碰运气。

沙洛　　别被吓住。

斯兰德　　不,她吓不住我。倒不在乎那个——我只是害怕。

---

① 原文为"heaven so speed me in my time to come"。朱生豪译为:"我永远不会有这样的存心!"梁实秋译为:"上天保佑我不做此想!"彭镜禧译为:"今后愿上天祝福忠实的我!"

② 原文为"stamps in gold or sums in sealed bags"。朱生豪译为"一切的金银财富",梁实秋译为"金币或密封的口袋里的巨款",彭镜禧译为"金币和钱包的总和"。

③ 原文为"I'll make a shaft or a bolt on't"。直译为"(木料)做不成长箭,就做短箭"。朱生豪译为:"成功失败,在此一试。"梁实秋译为:"好歹我要前去一试。"彭镜禧译为:"我反正是要提亲。"

④ 此句为轻誓。当时人惯以调侃方式表达自己的认真程度。

桂克丽	（向安妮。）听着，斯兰德先生想跟您说句话。
安妮	我去见他。——（旁白。向芬顿。）这是我父亲选中的。啊！一年到手三百镑，再多卑劣、丑陋的毛病都显得美观！
桂克丽	仁慈的芬顿先生可好？请借一步，跟您说句话。（两人在一旁说话。）
沙洛	她来了。迎上去，外甥。记住你有过一个勇敢的父亲！①
斯兰德	安妮小姐，我有个父亲。——我舅舅能告诉您他好些有趣的笑话。——请您，舅舅，告诉安妮小姐那个笑话，我父亲怎么从围栏里偷出两只鹅，好舅舅。
沙洛	安妮小姐，我外甥爱您。
斯兰德	对，我爱，如同我爱格罗斯特郡任何一个女人。
沙洛	他会拿您当贵妇人一样供养。
斯兰德	对，我会，甭管尾巴剪长剪短②，都按一个乡绅

---

① 沙洛鼓励斯兰德，意即"要像你父亲一样勇敢，别当怂包！"或"你父亲当年也曾向一个女人求过婚！"。结果，斯兰德误以为舅舅要他跟安妮小姐以他父亲为聊天的话题。

② 原文为"come cut and long-tail"。即甭管发生什么。朱生豪译为："这是一定的事，不管来的是什么人，尽管身份要比我们乡绅人家要低。"梁实秋译为："我是愿意那样做，无论发生什么事，总不至于失掉绅士的身份。"彭镜禧译为："我会，管它尾巴短还是长，反正照着乡绅的规矩办。"

	的地位办。
沙洛	他会给您预留一百五十镑遗产。
安妮	仁慈的沙洛先生,让他自己求婚。
沙洛	以圣母马利亚起誓,为此我谢谢您。谢谢您好心安慰。——她叫您呐,外甥。我闪在一旁。(闪开。)
安妮	嗨,斯兰德先生。——
斯兰德	嗨,仁慈的安妮小姐。——
安妮	您有什么意愿①?
斯兰德	我的遗愿?凭上帝亲爱的心起誓,这真是个有趣的玩笑!感谢上天,我还从没立过遗嘱。把赞美给上天,我不是这么一个病歪歪的造物。
安妮	我意思是,斯兰德先生,您要见我有什么事?
斯兰德	说实话,对于我自己,基本没什么要说的。是您父亲和我舅舅的提议。我若能走这个运,当然好;若不能,就让幸运之人去得他那份儿吧②!事情进展如何,他们能告诉您的,比我说得好。您可以问您父亲,——他来了。

---

① 在英文中,"意愿"(will, i.e. wish)与"遗愿"(will)是同一个词,故斯兰德下一句表示惊讶。朱生豪译为:"您对我有什么高见?"梁实秋译为:"您有什么愿望?"彭镜禧译为:"您来有何意图?"

② 他那份儿吧(his dole):即他那份儿运气。朱生豪译为:"就让别人来享受这个福分吧!"梁实秋译为:"谁有这份福气谁来消受吧!"彭镜禧译为:"就祝福那个幸运的人。"

(佩奇与佩奇夫人上。)

佩奇	喂,斯兰德先生。——爱他,安妮女儿。——咦,怎么!芬顿先生在这儿干吗?还这样跑我家来纠缠,先生,您冒犯我了。我跟您说过,先生,我女儿有了意中人。①
芬顿	不,佩奇先生,别没耐心。
佩奇夫人	仁慈的芬顿先生,别来找我的孩子。
佩奇	她和您不相配。
芬顿	先生,您能听我说吗?
佩奇	不,仁慈的芬顿先生。——来,沙洛先生。——来,斯兰德女婿,进去。——懂我的意思,仁慈的芬顿先生,您冒犯我了。(佩奇、沙洛与斯兰德下。)
桂克丽	去跟佩奇夫人说。
芬顿	仁慈的佩奇夫人,因我爱您女儿,我所做的是如此正当,所以,面对一切阻碍、谴责和针对我的行为,我势必举起爱情的战旗,绝不退却。②让我得到您的认可。

① 朱生豪译为:"我早就对您说过了,我女儿已经有了人家;您还是一趟一趟地到我家里来,这不是太不成话了吗?"

② 原文为"Perforce, against all checks, rebukes, and manners, / I must advance the colours of my love, / And not retire"。朱生豪译为:"一切的阻碍、谴责和世俗的礼法,都不能使我灰心后退。"梁实秋译为:"无论遭遇什么阻碍,受到什么谴责,触犯什么礼法,我要勇往直前地恋爱,决不后退。"彭镜禧译为:"不顾一切拦阻、责难、冥落,一定高举我的爱情旗帜前进,绝不会退让。"

安妮	好母亲,别叫我嫁给那个傻瓜。
佩奇夫人	我没这意思,我要给您找个好点儿的丈夫。
桂克丽	那是我的主人,医生先生。
安妮	哎呀!我宁可活活让土埋到脖子,叫萝卜砸死!①
佩奇夫人	行了,别自寻烦恼。仁慈的芬顿先生,我与您非敌非友。我要问一下女儿,看她有多爱您,看透她什么意愿,也好顺她的心思。先走一步,再会,先生。她非得进去了。她父亲会生气的。
芬顿	再会,仁慈的夫人。——再会,安。(佩奇夫人与安妮下。)
桂克丽	这事是我干的,喂。——"不,"我说,"您真愿把自己的孩子丢给一个傻瓜、一个医生?瞧人家芬顿先生。"这事是我干的。
芬顿	我谢谢你,请你今晚找个时间,把这枚戒指送给我甜美的安。一点辛苦钱,拿着。(给她戒指和钱。)
桂克丽	愿上天送你好运!(芬顿下。)——他有一颗善

---

① 原文为"I had rather be set quick i'th' earth, /And bowl'd to death with turnips"。朱生豪译为:"要是叫我嫁给那个医生,我宁愿让你们把我活埋了!"梁实秋译为:"我宁可被活埋在土里,让你们用萝卜把我砸死。"彭镜禧译为:"我宁可被活埋,宁可被萝卜砸死!"

良的心。一个女人遇见这样的好心人,宁愿穿越水与火。可我还是愿我的主人娶到她,或者,愿斯兰德先生能娶她。要不然,说实话,倒也愿芬顿先生能娶她。我愿尽我所能帮他们仨,既然都答应了,不能说了不算。——尤其得为芬顿先生卖力。嗯,我还得去趟约翰·福斯塔夫爵士那儿替两位夫人办个事。我这个畜牲,还磨蹭什么!①(下。)

---

① 原文为"what a beast am I to slack it"。"beast"有牲畜之意,美式俚语有"女骗子"之意。此处对应桂克丽周旋于众人之间,体现她欺诈之意。此二句朱生豪译为:"两位奶奶还要叫我到福斯塔夫那儿去一趟呢,该死,我怎么还在这儿拉拉扯扯的!"梁实秋译为:"两位太太还为了另外一桩事差我到约翰·福斯塔夫爵士那里去呢,我怎么还在这里厮混!"彭镜禧译为:"我还有个差事,要替我那两位夫人到约翰·福斯塔夫爵士那儿走一趟。我真该死,把这件事耽搁了!"

第五场

嘉德酒店内一室

（福斯塔夫与巴道夫上。）

福斯塔夫　　我说,巴道夫!

（巴道夫上。）

巴道夫　　这儿哪,先生。

福斯塔夫　　去给我拿一夸脱①萨克酒来,往里放一片烤面包。(巴道夫下。)活了一把岁数,竟让人装在筐里,像一手推车肉店的内脏,丢进泰晤士河?哼,若再被这种把戏算计一次,我就把脑子挖出来,抹上黄油,当新年礼物,给狗吃。那两个无赖把我往河里一扔,活像淹死一只瞎母狗新生的十五只小狗一样,没半点内疚②。您知道凭我这身量,往下沉那叫麻

---

① 夸脱为英制单位,1夸脱约为1.1升。

② 没半点内疚(little remorse):朱生豪译为"不当一回事",梁实秋译为"毫无怜惜之意",彭镜禧译为"眼睛都不眨一下"。

福斯塔夫　那两个无赖把我往河里一扔。

利快。若河底像地狱一样深,就沉下去了。多亏河岸有斜坡,水又浅,不然早淹死了。——水能把一个人泡浮囊喽,我痛恨这个死法,——我要是浮囊了,能成个什么东西! 会变成烂肉堆成的一座山。

(巴道夫持萨克酒上。)

巴道夫　　桂克丽夫人来了,先生,有话跟您说。

福斯塔夫　来,让我往泰晤士河水里①倒点儿萨克酒,因为我这肚子里冰冰凉,活像把雪球当成给肾脏退热的药丸②吞了下去。叫她进来。

巴道夫　　进来,女人。

(桂克丽夫人上。)

桂克丽　　别见怪,请您原谅!——给大人您道早安。

福斯塔夫　(向巴道夫。)把这些酒杯拿走。去,给我好好泡一壶③萨克酒。

巴道夫　　加鸡蛋吗,先生?

福斯塔夫　光要酒。我酒里不加鸡的精虫④。——(向桂克丽。)什么事?(巴道夫下。)

---

①　意即福斯塔夫灌了一肚子泰晤士河水。

②　给肾脏退热的药丸(pills to cool reins):意即给欲火退热。朱生豪译为:"冷得好像欲火上升的时候吞下了雪块一样。"梁实秋译为:"好像是为了要治疗肾脏发炎吞服了雪球。"彭镜禧译为:"俺肚子冷得像欲火难耐时把雪球当药丸吞下似的。"

③　一壶(a pottle):2夸脱容量的酒壶。

④　鸡的精虫(pullet-sperm):戏谑语,指鸡蛋。意即我酒里不加鸡蛋。

桂克丽	以圣母马利亚起誓,先生,福德夫人派我来见大人您。
福斯塔夫	福德夫人!我受够了"河水"。①我被扔进河里,灌了一肚子水。
桂克丽	哎呀呀!好心人,那不是她的错。那两个仆人弄错了指令②,她把他们臭骂了一顿。
福斯塔夫	我也弄错了,居然指望一个傻女人的承诺。
桂克丽	唉,为这事,先生,她很伤心,见了她的样子,您准会难过。她丈夫今天早晨出去打鸟,她希望八到九点之间,您再去她那儿一趟。我必须赶紧把她的话带来③。她会补偿您的,我向您保证。
福斯塔夫	好,我愿去拜访她。就这么跟她说,叫她想想,什么样才算男人。让她寻思一下男人的

---

① 河水(ford, i.e. river water):福斯塔夫以"ford"(河水)表达双关意:我被这个"福德"(夫人)灌了一肚子"福德"(河水)。原文为"I hove ford enough. I was thrown into the ford, I hove my belly full of ford"。

② 指令(erection):此处桂克丽用错了词,她本想说"direction"(指令),结果说成了"erection"(勃起)。两词发音相近。故福斯塔夫下一句回话带有性意味。

③ 原文为"I must carry her word quickly",朱、梁、彭对此句的理解有歧义。朱生豪译为:"我必须赶快把她的话向您交代清楚。"梁实秋译为:"我必须把她的话赶快带到。"彭镜禧译为:"我得赶紧向她回报。"

	弱点①,然后再判断我多么金贵。
桂克丽	我原话告诉她。
福斯塔夫	说定了。你是说,九点到十点?
桂克丽	八点到九点,先生。
福斯塔夫	好,去吧。我不会失约的。
桂克丽	愿上帝赐您平安,先生。(下。)
福斯塔夫	奇怪,怎么听不到布鲁克先生的消息。他捎话让我在酒店里等着。我很喜欢他的钱。——啊,他来了。

(化装成布鲁克的福德上。)

福德	愿上帝保佑您,先生!
福斯塔夫	嗯,布鲁克先生,——您来打听我与福德老婆之间发生了什么?
福德	约翰爵士,就为这个事。
福斯塔夫	布鲁克先生,我不想骗您,在她约定的时间,我在她家里。
福德	您得手了,先生?
福斯塔夫	糟透了,布鲁克先生。
福德	怎么,先生?难道她计划有变?

---

① 男人的弱点(his frailty):指男人道德上的弱点。原文为"bid her think what a man is: let her consider his frailty, and then judge of my merit"。朱生豪译为:"叫她想一想哪一个男人不是朝三暮四的,像我这样的男人,可是不容易找到的。"梁实秋译为:"让她思量一下他的弱点,然后再估量一个我的优点。"彭镜禧译为:"让她仔细想想男人的软弱,然后再说我是多么难能可贵。"

福斯塔夫	没变,布鲁克先生,但她那个头上长角的鬼丈夫①,布鲁克先生,住在一支吹个不停的、嫉妒的战斗警号里②,正当我们幽会之时闯了来,我们也抱了、吻了、誓言相爱,真好比,我们的喜剧刚说完开场白。身后跟着他那伙儿人,都是被他的坏脾气鼓动、唆使来的,还说,非要在家里搜出他老婆的情人③。
福德	怎么,当时您在那儿?
福斯塔夫	当时我就在那儿。
福德	他要搜您,却没找着您?
福斯塔夫	您听我说。好运临头,来了位佩奇夫人,报信说福德要来了。她脑筋一转,福德老婆也慌了神,她们把我塞进一个装脏衣物的筐。
福德	一个装脏衣物的筐?

---

① 头上长角的鬼丈夫(the peaking cornuto her husband):"头上长角"(peaking)含双关意,即鬼头鬼脑、偷偷摸摸。朱生豪译为:"那只贼头贼脑的死乌龟。"梁实秋译为:"那个偷偷摸摸的乌龟。"彭镜禧译为:"那个贼头贼脑的王八丈夫。"

② 原文为"dwelling in a continual 'larum of jealousy"。朱生豪译为:"一天到晚见神见鬼地疑心他的妻子。"梁实秋译为:"整天疑神疑鬼的嫉妒。"彭镜禧译为:"时时刻刻担心他老婆红杏出墙。"

③ 原文为"And at his heels a rabble of his companions, thither provoked and instigated by his distemper, and, forsooth, to search his house for his wife's love"。朱生豪译为:"他就疯疯癫癫地带了一大批狐群狗党,气势汹汹地说是要到家里来捉奸夫。"梁实秋译为:"他身后跟着一群乱七八糟的伙伴,被他恶意教唆蜂拥而至,要在他的家里搜索他的老婆的奸夫。"彭镜禧译为:"他后面还跟了一群乌合之众,都是因为他大发神经才来的,要在他家里搜查他老婆的情夫。"

福斯塔夫	对,一个装脏衣物的筐!——把我和那些脏衬衫、脏罩衫、臭短袜、臭长袜、油腻腻的餐巾一块儿,都硬塞进去。布鲁克先生,筐里那股最恶心的混着各种味儿的恶臭,谁的鼻孔受过这个罪①!
福德	您在筐里闷了多久?
福斯塔夫	不,您听我说,布鲁克先生,出于您一番好意,为把这个女人引入邪恶,我遭了多少罪②。这么把我塞筐里之后,福德的一对儿奴才,他的下人,女主人叫来他们,把我当脏衣服抬到达切特巷。刚把我扛上肩,便在门口遇见他们的主人,那个嫉妒的无赖,他问了一两遍筐里装着什么。吓得我直哆嗦,生怕那个发疯的无赖动手搜,可命运,注定他该是一个老婆偷腥的丈夫,他收了手。随后,他开始搜屋子,我被当成脏衣服抬出去了。但您留心下文,布鲁克先生。我分别受

---

① 原文为"there was the rankest compound of villainous smell that ever offended nostril"。朱生豪译为:"您想想这股气味叫人可受得了?"梁实秋译为:"有人的鼻子所从来没有闻到过的几种怪味混合起来的臭味道。"彭镜禧译为:"那种最恶心的恶臭可是鼻孔从来没有受过的罪啊。"

② 原文为"what I have suffered to bring this woman to evil for your good"。朱生豪译为:"我为了您的缘故去勾引这个妇人,吃了多少苦。"梁实秋译为:"我为了向您效劳而去勾搭这个女人做坏事,我可吃了多少苦头。"彭镜禧译为:"就为了帮这女人下地狱,好让您上天堂,我吃了哪些苦头。"

了三次死亡的痛苦。第一次,一种难以忍受的惊吓,唯恐被一只嫉妒的、病态的,脖子上挂铃铛的头羊①发现;第二次,弯成弧形,像一把精致的比尔博软铜剑弯在两加仑大小的容器里,剑柄碰剑尖,脚丫子碰头顶;然后,把我像一种浓烈发酵饮料似的,连同变得油腻的臭衣服一起闷在里面。想想看,我这么个身量,想想看,——像黄油一样怕热,——一个不停融化和熔化的人,没给闷死,真是个奇迹。正当我在这浴室顶热的高温下,在油腻中像一道多半熟的荷兰菜②之时,被扔进了泰晤士河,冷却,滚热滚热的,在那浪里头,活像一块马蹄铁。想想看,——热得咝咝响③——想想看,布鲁克

---

① 因福德领着一群人前来搜查,福斯塔夫把他比喻为"一只嫉妒的、病态的、脖子上挂铃铛的头羊"(a jealous rotten bell-wether)。朱生豪译为"带着一批喽啰的王八羔子",梁实秋译为"一只嫉妒成性的挂铃铛的阉羊",彭镜禧译为"那带头的烂货醋坛子"。

② 荷兰菜(Dutch dish):一般认为荷兰人好吃黄油,荷兰菜多油腻。

③ 原文为"in the height of this bath, when I was more than half stewed in grease, like a Dutch dish, to be thrown into the Thames, and cooled, glowing hot, in that surge, like a horse-shoe. Think of that——hissing hot"。朱生豪译为:"脂油跟汗水把我煎得半熟以后,这两个混蛋仆人就把我像一个滚热的出笼包子似的,向泰晤士河里丢了下去,白罗克大爷,您想,我简直像一块给铁匠打得通红的马蹄铁,放下水里,连喝水都滋拉滋拉地叫起来呢。"梁实秋译为:"我几乎被油水炖得半熟,像是一盘德国大菜,生生地被丢到泰晤士河里去了,滚热滚烫的就被丢到水里去冷却,像是一只马蹄铁一般;想想看,当时嘶啦一声响。"彭镜禧译为:"那蒸笼热到不行了,我活像一道半熟的油焖荷兰菜,这时候被扔进泰晤士河,在那激起的水花里,热得通红,一下子冷却,像马蹄铁。您想想看——咝咝作响地热。"

	先生！
福德	说实在的，先生，真对不起，让您为我受了这么些罪。那我的追求就没指望了。您不再试她一次了？①
福斯塔夫	布鲁克先生，除非像把我扔进泰晤士河一样，丢进埃特纳火山②，否则，我不会就此放手。她丈夫今天早晨打鸟去了。我已得到消息，再次与她相会，八点到九点之间，布鲁克先生。
福德	八点已经过了，先生。
福斯塔夫	真的？那我得准备赴约了。等您方便得空了，再来，一定叫您知道我有多顺利。最后大功告成，您来享用她。再会。您一定能得到她，布鲁克先生。布鲁克先生，您一定能给福德戴绿帽子。(下。)
福德	哼！——哈！这是个幻觉？这是个梦？我在睡觉？福德先生，醒醒！醒醒，福德先生！您最好的外衣给弄了个洞，福德先生。这就是结婚的好处！这就是亚麻布和脏衣服筐的用处！好，我要宣告我是个什么人。我现

---

① 原文为"You'll undertake her no more"。朱生豪译为："您未必会再去一试吧？"梁实秋译为："你对她还想一试吗？"彭镜禧译为："您不会再去找她了吧？"
② 埃特纳火山(Etna)：位于意大利西西里的著名火山。朱生豪译为"火山洞"。

在就去捉那色鬼。他在我家里。休想逃走,这回不可能了。看他能爬进一个装半便士的钱袋①,还是能爬进一个胡椒盒。但不可能的地方也要搜,我怕那引领他的魔鬼又来帮他。即便躲不开这顶绿帽子,那我也不甘心,甭想叫我顺从。倘若头上长角叫我发疯,就让那句俗语落我头上,——头上长角,疯如狂牛。②(下。)

---

① 一个装半便士的钱袋(a half-penny purse):即"特别小的钱袋"。朱生豪译为:"也许魔鬼会帮助他躲起来,这回我一定要把无论什么稀奇古怪地方都一起搜到,连放小钱的钱袋、连胡椒瓶子都要倒出来看看,看他能躲到哪里去。"梁实秋译为:"他不能钻进一个小小的钱袋,也不能钻进胡椒罐;但是任何不可能的地方我都要去搜一下,怕的是引导他去的那个魔鬼又帮他逃走。"彭镜禧译为:"他总不能爬进放铜板的小荷包里吧,也不可能爬进胡椒盒儿里。不过,为了提防那个带引他的魔鬼助他一臂之力,什么意想不到的地方我都要搜。"

② 原文为"If I have horns to make me mad, let the proverb go with me; I'll be horn-mad"。朱生豪译为:"我要叫他们看看,忘八也不是好欺辱的。"梁实秋译为:"如果我额上生角使得我发狂,那么就像俗语所说的,我要发脾气。"彭镜禧译为:"要是我头上长出角来,就让我应了那句俗语:头长两只角,发疯如狂牛。"

第四幕

第一场

街道

(佩奇夫人、桂克丽夫人与威廉·佩奇上。)

佩奇夫人　　你认定,他已经到了福德先生的家?

桂克丽　　　这时候应该到了,不到也快了。不过,真的,被人丢进河里,他都快气疯了。福德夫人要您马上过去。

佩奇夫人　　过一会儿就去。得先把这小家伙送到学校。瞧,他老师来了。我看又要放假。

(休·埃文斯牧师上。)

佩奇夫人　　怎么,休牧师,今天不上学?

埃文斯　　　不上,斯兰德先生给孩子们放一天假。

桂克丽　　　上帝保佑他的灵魂!①

佩奇夫人　　休牧师,我丈夫说我儿子对课本里的东西一概学不进去。请您,问他几道拉丁文法的题。

---

① 原文为"Blessing of his heart"。此处"heart"应解作"soul"(灵魂)。朱生豪译为:"真是个好人!"梁实秋译为:"真是好心肠!"彭镜禧译为:"上帝保佑他的好心!"

埃文斯	上这儿来,威廉。抬头,来。
佩奇夫人	来,小家伙,抬头。回答老师提问,别害怕。
埃文斯	威廉,名词的数有几种?
威廉	两种①。
桂克丽	说真的,我以为还有一个数,因为老听人说,"上帝的名词"②。
埃文斯	别瞎扯!——"美丽"怎么说,威廉?
威廉	Pulcher③。
桂克丽	"臭鼬"④!比臭鼬美丽的东西多得是,没错。
埃文斯	您是个很蠢的女人。请您安静。——lapis⑤是什么,威廉?
威廉	一块石头。
埃文斯	"一块石头"是什么,威廉?
威廉	一块卵石。
埃文斯	不对,是lapis。请您,记在脑袋里。

---

① 两种,即单数和复数。

② "上帝的名词"(Od's nouns):桂克丽在此把"By God's wounds"[以上帝(即耶稣)的伤口起誓]的简称"Zounds"与"Od's nouns"弄混了。朱生豪译为:"不是老听人家说'算数'!"梁实秋译为:"因为常听人家说'上帝的名词'。"彭镜禧译为:"大家都说'无三不成礼'啊。"

③ 拉丁文,美丽。

④ 桂克丽把"Pulcher"听成"Polecats"(臭鼬)。朱生豪译为:"婊子!比'婊子'更美的东西还有的是呢。"梁实秋译为:"臭猫!世界上一定有比臭猫较为美丽的东西。"彭镜禧译为:"铺盖儿?比铺盖儿美丽的东西多得是,我敢说。"

⑤ 拉丁文,石头。

威　廉	Lapis。
埃文斯	这才是好威廉。什么词,威廉,可以借给冠词?
威　廉	冠词是从代名词借来的,有以下几种词尾变化,单数形式下的主格是hic,haec,hoc①。
埃文斯	主格是hig,hag,hog②——请您,听好:所有格是huius。好,宾格是什么?
威　廉	宾格是hinc——
埃文斯	我请您,记好,孩子,宾格是hing,hang,hog③。
桂克丽	"Hang-hog"就是拉丁文熏肉④,我向您保证。
埃文斯	别瞎扯,女人。呼格是什么,威廉?
威　廉	啊——呼格,啊。
埃文斯	记住,威廉,"呼格"是缺失的⑤。
桂克丽	那是一条好根。⑥
埃文斯	女人,忍耐。
桂克丽	安静!

---

① hic, haec, hoc:均为拉丁文一般代名词"这个"。
② 埃文斯发音不准,把正确发音"hic, haec, hoc"错读成"hig, hag, hog"。
③ 埃文斯把正确发音"hunc, hanc, hoc"错读成"hing, hang, hog"。
④ 把猪吊挂起来是制作熏猪肉(培根)的必要程序,此处为桂克丽的误解。
⑤ 原文为"focative is caret"。埃文斯意在提醒威廉拉丁文中"缺失呼格"。桂克丽夫人听其发音与英文"carrot"(胡萝卜)发音相近,故在下句说"那是一条好(胡萝卜)根"。
⑥ "胡萝卜"在英语俚语中暗指阴茎。原文为"And that's a good root"。朱生豪译为:"'胡'萝卜的根才好吃呢。"梁实秋译为:"那是个好菜根。"彭镜禧译为:"煤油可以拿来烧。"

埃文斯　　　所有格的复数怎么说,威廉?

威廉　　　　啊,genitive case!

埃文斯　　　对。

威廉　　　　所有格——horum,harum,horum①。

桂克丽　　　该遭瘟疫的珍妮的案子!呸她!②——如果她是个妓女,孩子,别再提她名字。

埃文斯　　　真丢脸!女人。

桂克丽　　　您真不该拿这些词教孩子。——他教他喝呀、嫖的③,这些他很快都会了,还教他喊"horum"④——我呸!

埃文斯　　　女人,你疯了?格、数的阴阳性,您一点不懂吗?⑤从没见过你这样愚蠢的基督徒。

佩奇夫人　　(向桂克丽。)请你,保持安静。

埃文斯　　　现在说一下,威廉,代词的几个词尾变化。

---

① horum,harum:均为拉丁文,这些。
② 桂克丽误把"genitive case"(所有格)听成"Jenny's case"(珍妮的案子),并以为珍妮是妓女。此案在当时可能确有其事,但无从考证。原文为"Vengeance of Jenny's case! fie on her!"。朱生豪译为:"珍妮人格!她是个婊子"。梁实秋译为:"好一个珍妮的案子!她好下贱!"彭镜禧译为:"去她的什么'娥淑有个哥!'我呸!"
③ 喝呀、嫖的(to hick and to hack):桂克丽把拉丁文"hunc, hanc, hoc"听成"hick and hack"(喝酒、嫖妓)。
④ 桂克丽把拉丁文"horum"听成"whore"(妓女),两词发音相近。
⑤ 原文为"Hast thou no understandings for thy cases and numbers and the genders"。朱生豪译为:"你一点儿不懂你的'格',你的'数',你的'性'吗?"梁实秋译为:"你一点也不懂文法上的格、数,与性别吗?"彭镜禧译为:"你难道不懂你的格、你的数、你的性吗?"

威廉	老实说,忘了。
埃文斯	是 qui, quae, quod。如果把您的 quies、您的 quaes、您的 quods 都忘了,屁股非挨鞭子不可①。可以走了,去玩儿吧。
佩奇夫人	真是个不错的学生,比我想得好。
埃文斯	他记性倒很灵巧。再会,佩奇夫人。
佩奇夫人	再会,仁慈的休牧师。(埃文斯下。)——回家吧,孩子。——来,咱们待好长时间了。(同下。)

---

① 原文为"you must be preeches(i.e. whipped on the buttocks)"。朱生豪译为:"小心你的屁股吧。"梁实秋译为:"你就要挨鞭子打。"彭镜禧译为:"就要打屁股。"

第二场

福德家中一室

（福斯塔夫与福德夫人上。）

福斯塔夫　　福德夫人，您的悲伤吃光了我的痛苦。我看您对爱情很热诚，我声明，我的回报毫发不差，福德夫人，我不单在爱情上用心，还在与爱情相关的一切服饰、装饰附件和仪式上用力。①不过，您确定您丈夫现在不在？

福德夫人　　他打鸟去了，亲爱的约翰爵士。

---

① 原文为"your sorrow hath eaten up my sufferance. I see you are obsequious in your love, and I profess requital to a hair's breadth, not only, Mistress Ford, in the simple office of love, but in all the accoutrement, complement and ceremony of it"。朱生豪译为："你的懊恼已经使我忘记了我身受的种种痛苦。你既然这样一片真心对待我，我也决不会有丝毫亏负你；我不仅要跟你恩爱一番，还一定会加意奉承，格外讨好，管保教你心满意足就是了。"梁实秋译为："你的忧伤吞没了我的苦痛。我知道你的爱情是很热诚的，我决不丝毫亏负于你；福德太太，不仅是单纯的用情方面，就是有关爱情的种种装备、附件、排场，一样都不会缺少。"彭镜禧译为："您的难过已经吞食了我的痛苦。我看您在爱情方面十分赤诚，我也声明我会分毫不少地回报，福德太太，不只在爱的事上尽心竭力，也在所有仪表、礼节、形式各方面。"

佩奇夫人　　(在内。)喂！嘀！福德老姐们儿①！喂，嘀！
福德夫人　　进卧室,约翰爵士。(福斯塔夫下。)
(佩奇夫人上。)
佩奇夫人　　怎么,亲爱的,除了您自己,家里还有谁?
福德夫人　　哎呀,除了自家仆人,没别人。
佩奇夫人　　真的?
福德夫人　　真的,确定。——(耳语。)说话大声点儿。
佩奇夫人　　说实话,您这儿没别人,我很开心。
福德夫人　　为什么?
佩奇夫人　　为什么,女人,您丈夫又耍老把戏了,他在那边跟我丈夫一块儿大嚷大叫,痛骂一切已婚男人,狠狠诅咒所有夏娃的女儿②,不管什么肤色,一个劲儿敲打自己的前额,喊着"冒出来,冒出来③！"以前每次见他发疯,跟现在这回犯神经比起来,都显得温顺、文雅、有耐性。我真高兴那个胖爵士不在这儿。
福德夫人　　怎么,又提起他了?
佩奇夫人　　除了他谁也不提,发誓说,上次搜他的时候,有人把他装在一个筐里,抬出去的。您丈

---

① 老姐们儿(gossip)：即交情深厚的同辈姐妹,有"饶舌妇""闺蜜好友""教母"之多重意涵。朱生豪译为"嫂子",梁实秋译为"娘子",彭镜禧译为"嫂"。

② 夏娃的女儿：意即女人们。参见《旧约·创世记》3:20："亚当给妻子起名夏娃,因为她是众生之母。"

③ 冒出来(peer out)：意即头上快长出角来,让我戴绿帽子。

夫？还向我丈夫声称，现在他就在这儿，硬拉上我丈夫，和跟他打鸟的那伙儿人，不打鸟了，要再来验证一下疑心。但我很高兴那位骑士不在这儿。他会看到自己有多蠢。

福德夫人　佩奇夫人，他离这儿还多远？

佩奇夫人　很近，在街头了。说话就到。

福德夫人　完蛋了！——骑士在这儿。

佩奇夫人　哎呀，那您丢死人了，他也性命不保。您是个什么样的女人呐！——弄他走，弄他走！宁可丢脸，不能杀人害命。

福德夫人　他该往哪边走？该怎么把他弄出去？要不再把他塞筐里？

（福斯塔夫上。）

福斯塔夫　不，我不再钻筐。趁他没来，我先出去不行吗？

佩奇夫人　唉，佩奇先生的三个兄弟拿手枪守着门，谁也出不去，不然，趁他没来，您可以先溜走。但您在这儿干吗？

福斯塔夫　我该怎么办？——钻烟囱吧。

福德夫人　他们总习惯往烟囱里放枪。①钻灶洞里。

福斯塔夫　在哪儿？

佩奇夫人　他一定搜那儿，我敢保证。甭管衣橱、钱箱、

---

① 当时人们外出打猎，回来后总习惯把枪里没耗尽的弹药，向烟囱里开枪放掉。

	壁柜、箱子、水井、地窖子,他怕忘了,把这些地方列了一张单子,照着单子挨个搜。屋里没您藏身的地方。
福斯塔夫	那干脆出去。
佩奇夫人	您要是照自己的原样出去,非死不可,约翰爵士。——除非化装出去。
福德夫人	咱们怎么给他化装?
佩奇夫人	哎呀呀!我不知道。女人的长袍再大,他也穿不下。要不,给他戴顶帽子,披条围巾,系条头巾,凑合逃吧。
福斯塔夫	两位好心人,想个法子。我宁可受罪,别让我受伤。
福德夫人	我女仆的姑姑,住在布伦特福德①的那个胖女人,楼上倒有件她的长袍。
佩奇夫人	我敢保证,那件正合身。她也大块头,跟他一样。——还有粗呢帽子和围巾。快上楼,约翰爵士。
福德夫人	去,去,亲爱的约翰爵士。我和佩奇夫人再找块亚麻布包您的头。
佩奇夫人	快,快!我们马上来给您装扮。先去穿长袍。
	(福斯塔夫下。)

---

① 布伦特福德(Brentford):原为温莎和伦敦之间一名为布雷恩福德(Brainford)的村庄,莎翁在此是化用。

福德夫人　　希望他这身装扮让我丈夫撞见。他受不了布伦特福德那个老女人,发誓说她是个女巫,不准进我家,扬言要揍她。

佩奇夫人　　愿上天领他到你丈夫的短棒那儿,然后叫魔鬼引导那根短棒!①

福德夫人　　可我丈夫会来吗?

佩奇夫人　　会,他可正经了,还提到那个筐,也不知他哪儿来的消息。

福德夫人　　咱们试一下,我指派仆人再抬一次筐,抬着筐在门口遇见他,像上回一样。

佩奇夫人　　不,他马上就到。咱们去把他装扮成布伦特福德的巫婆。

福德夫人　　我先交代仆人怎么利用一下那个筐。上楼,我马上给他拿些亚麻布。(下。)

佩奇夫人　　吊死他,骗人的流氓!作践他多少回都不嫌多。
　　　　　　　我们要用行为,留下一个证明,
　　　　　　　夫人们寻开心,却依然守忠贞:
　　　　　　　时常逗笑打趣,不会以身试罪。

---

① 原文为"Heaven guide him to thy husband's cudgel, and the devil guide his cudgel afterwards"。朱生豪译为:"愿上天有眼,让他尝一尝你丈夫的棍棒的滋味!但愿那棍棒落在他身上的时候,有魔鬼附在你丈夫的手里。"梁实秋译为:"愿上天指导他去遇到你丈夫的棒子,以后让魔鬼去指导那根棒子吧!"彭镜禧译为:"但愿老天带领他到你丈夫的棒子那里,之后魔鬼就来指挥那棒子。"

老话说得对：闷声猪倒把泔水吃精光。①

（下。）

[福德夫人及二仆人（约翰及罗伯特）上。]

福德夫人　　去，二位，再把那筐扛上肩。你们的主人在门边不远。他若叫你们放下筐，就听他的。快，抓紧。（下。）

约翰　　来，来，抬起来。

罗伯特　　祈求上天，筐里别再塞满骑士。

约翰　　希望不会，我宁愿抬一筐铅块。（约翰与罗伯特下。）

（福德、佩奇、沙洛、凯乌斯与埃文斯上。）

福德　　哼，如果证明是真的，佩奇先生，到时您有什么法子再替我摘除愚蠢的污名？——把筐放下，奴才！（约翰与罗伯特放下筐。）——谁去叫我老婆。——您，筐里的年轻人，给我出

---

① 这首韵诗原文为"We'll leave a proof, by that which we will do, / Wives may be merry, and yet honest too: / We do not act that often jest and laugh. / This old but true: 'still swine eats all the draff.'"。朱生豪译为："不要看我们一味胡闹，/ 这蠢猪是他自取其殃;/ 我们要告诉世人知道，/ 风流娘们不一定轻狂。"梁实秋译为："我们要用行为证明，让世人知道，/ 女人们可以风流，但仍然不失贞操;/ 我们时常谈谈笑笑，可是不去实行;/ 老话说得对,'安静的猪把泔水喝个净'。"彭镜禧译为："咱们这个方法，可以用来证明，/ 老婆寻欢作乐，依然玉洁冰清。/ 爱玩爱闹，不做那无耻的勾当，/ 俗话说得好：贪嘴的总闷声不响。"

	来！①——啊,你们这两个拉皮条的混蛋,结成一团、一群、一帮,合伙儿对付我。现在要叫魔鬼丢脸。②——喂,老婆,我说！来,来,过来！瞧一眼您送去漂白的是什么贞洁的衣物？
佩奇	哎呀,这太过分了！福德先生,别再由着性子闹,非得把您反绑起来。
埃文斯	哎呀,这是疯子！这是像疯狗一样发疯！
沙洛	真的,福德先生,这样真的不好。
福德	我也这么说,先生。
(福德夫人上。)	
福德	到这儿来,福德夫人。——福德夫人,贞洁的女人,温良的妻子,贤德的造物,嫁个嫉妒的傻瓜当丈夫！——我的怀疑没有理由,是吧,夫人？
福德夫人	假如您怀疑我有丝毫不忠,上天都可为我

---

① 原文为"You, youth in a basket, come out here"。此处按"牛津版"和"皇莎版"作"筐里的年轻人"(Youth in a basket)。朱生豪译为:"把年轻的男人装在篓子里抬进抬出！"梁实秋译为:"小伙子藏在筐子里！"彭镜禧译为:"篓子里的花花大少！"

② 原文为"Now shall the devil be shamed"。意即现在要揭开真相了。朱生豪译为:"现在这个鬼可要叫他出丑了。"梁实秋译为:"现在恶魔可要当场出丑了。"彭镜禧译为:"现在可要真相大白了。"

	做证。①
福德	说得好,黄铜脸②!接着骗。——给我出来,小子!(把筐里衣物掏出。)
佩奇	您太不像话了!
福德夫人	您不觉得丢脸吗?别动那些衣服。
福德	看我不把您翻出来。
埃文斯	简直不讲理。还不把您夫人的衣服拿起来?走开。
福德	(向约翰、罗伯特。)把筐倒空,我说!
佩奇	为什么,老兄,为什么?③——
福德	佩奇先生,男子汉不说假话,昨天这筐抬出我家时里面藏了个人。他为何不能再藏一次?他在我家里,我敢肯定。我消息可靠,我嫉妒有理。把亚麻衣物全给我从筐里掏出来。
福德夫人	若能在里面找见一个人,您就当跳蚤捻死。
佩奇	筐里没人。

---

① 原文为"Heaven be my witness, you do, if you suspect me in any dishonesty"。朱生豪译为:"天日为证,你要是疑心我有什么不规矩的行为,那你的确太会多心了。"梁实秋译为:"上天为我做证,如果你疑心我有任何不守妇道的地方,你是无理取闹。"彭镜禧译为:"上天替我做证,您没有理由,假如您怀疑我有任何越轨的行为。"

② 黄铜脸(brazen-face):意即死不认账的二皮脸或厚脸皮的臭婆娘。

③ 在"牛津版"中,这句话为福德夫人所说:"为什么,你这男人,为什么?"(Why, man, why?)

沙洛	以我的信仰起誓,这可不好,福德先生。您这是自伤体面。
埃文斯	福德先生,您必须祷告,不能由着自己的心性瞎想。这叫猜疑。
福德	嗯,我没在这儿找见他。
佩奇	不,哪儿也找不见,整个在您脑子里。
福德	帮我把家里搜一遍,就这一次。若找不见我要找的,不必替我的极端行为找借口,让我这辈子当你们桌上的笑料。让人们说我,"好嫉妒,像福德,非要在一个空心核桃①里找老婆的情夫。"再满足我一回,跟我再搜一遍。(约翰和罗伯特再把衣物塞进筐里,抬筐下。)
福德夫人	喂,啲,佩奇夫人!您和那老太婆都下来吧。我丈夫要去屋里。
福德	老太婆?哪儿来的老太婆?
福德夫人	哎呀,就是我女仆在布伦特福德的那个姑姑。
福德	一个巫婆,一个贱妇②,一个骗人的贱妇!我不是不准她来咱家吗?又为什么差事来的?咱们都是普通人,弄不懂凭算命之名能搞出些什么。她做符咒、念咒语、画星座图,诸如

---

① 一个空心核桃(a hollow walnut):代指封闭的房间。
② 贱妇(quean):对女人的贱称,有"邋遢女人""妓女""荡妇""婊子"等多重意涵。

	此类的这些花招,都在我们所属的元素之外。①咱们一无所知。——下来,您这巫婆,您这女妖魔,您!下来,我说!(抄起一根短棒。)
福德夫人	不,亲爱的好丈夫!——仁慈的先生们,别让他打这个老太婆。

(佩奇夫人领着穿一身女装的福斯塔夫上。)

佩奇夫人	来,普拉特婆婆②。来,牵着我手。
福德	看我拿她耍把戏。——(棒打福斯塔夫。)滚出我家,您这巫婆,您这烂货,您这贱娘们儿,您这臭鼬,您这脏老太婆!滚,滚!我替您念咒,我给您算命。(福斯塔夫下。)
佩奇夫人	您不丢脸呐?真怕您把那可怜女人给打死。
福德夫人	对,他就要这样做。这回您露脸了。
福德	吊不死她,巫婆!
埃文斯	一点不假,我认定这女人是个巫婆。我不喜欢女人长一大把胡子。我眼见那围巾下面

---

① 原文为"beyond our element"。古代欧洲认为土、水、空气和火构成宇宙的四大元素(elements),魔法、符咒则在这四大元素之外。意即咱们搞不懂算命这类常态元素之外的东西。朱生豪译为:"什么画符、念咒、起课这一类鬼把戏,我们全不懂得。"梁实秋译为:"她使用符箓、咒语、天宫图,和其他的玩意儿,我们无从了解。"彭镜禧译为:"她写符,她念咒,她画星座图,等等,这些个把戏,咱们不懂。"

② 普拉特婆婆(Mother Prat):"Prat"(普拉特)有"把戏"、"花招"之意,在英语俚语中也指屁股。故福德在下句中说"看我拿她耍把戏",意即看我怎么揍"她"(即福斯塔夫)。

	胡子一大把①。
福德	先生们,跟我来吗?恳求你们,跟我来。去看一眼我猜疑的结果。我若没闻见味儿就这么瞎叫,等我下回闻见味儿狂吠,你们别再信我。②
佩奇	那咱们多顺应点儿他的脾气。走,先生们。
	(福德、佩奇、沙洛、凯乌斯与埃文斯下。)
佩奇夫人	相信我,他把他打得可怜透了。
福德夫人	不,以弥撒起誓,没打多可怜。依我看,打的时候没半点儿可怜。
佩奇夫人	我要把这短棒奉为圣物,挂在祭坛上。它立了功,应受封赏。③
福德夫人	您觉得怎样?——要不咱们,拿女人品性做担保,凭一颗好良心当见证,揪住他再报复一下?④

---

① 埃文斯英文发音不准,把"beard"(胡子)读成"peard",中译文难以呈现。旧时认为女巫的特征之一是下巴长胡子。

② 此句借狩猎用语来表达,原文为"If I cry out thus upon no trail, never trust me when I open again"。朱生豪译为:"要是我完全无理吵闹,请你们以后再不要相信我的话。"梁实秋译为:"如果我是空吠一场,以后我再张嘴叫,你们就不必理我。"彭镜禧译为:"假若我是信口开河,今后我再开口就别理我。"

③ 朱生豪译为:"它今天立下了很大的功劳。"梁实秋译为:"它今天派了这样好的用场。"彭镜禧译为:"它可是立了大功呢。"

④ 原文为"May we, with the warrant of womanhood and the witness of a good conscience, pursue him with any further revenge"。朱生豪译为:"我们横竖名节无亏,问心无愧,索性一不做,二不休,再把他作弄一番好不好?"梁实秋译为:"我们可否,仗着妇德无亏,凭着良心做证,再进一步地报复他一下?"彭镜禧译为:"只要守住妇道,对得起良心,咱们可不可以再来捉弄他一次,多消一点怨气?"

佩奇夫人　　他那淫欲的灵魂,肯定吓破了胆。倘若魔鬼没依法获得所有权,把他绝对占有,我想,他永不会,再来犯坏①、侵袭我们。②
福德夫人　　你我要不要告诉丈夫,咱们是怎么对待③他的?
佩奇夫人　　要,一定要。说了,至少能把您丈夫脑子里的幻象刮掉。只要他们有心叫这个品行恶劣的胖骑士多受点儿罪,仍由咱俩代理操办。
福德夫人　　我敢保证,他们一定要让他公开受辱,若不叫他公开受辱,我想,这场闹剧也没个收场④。
佩奇夫人　　来,锻炉里打铁,要趁热⑤,别等事情变凉。

（同下。）

---

① 犯坏(waste):与"waist"(腰)双关,代指福斯塔夫的腰围。
② 此句使用法律术语,原文为"If the devil have him not in fee-simple, with fine and recovery, he will never, I think, in the way of waste, attempt us again"。朱生豪译为:"除非魔鬼盘踞在他心里,大概他不会再来冒犯我们了。"梁实秋译为:"如果他不是被魔鬼所依法永久占有,我想他出来横行时再也不敢来冒犯我们了。"彭镜禧译为:"除非是魔鬼跟他签订了毫无限制的卖身契,永远不得反悔,不然哪,我想,他是绝对不会再来招惹我们,毁损我们的名节了。"
③ 对待(treat):含性意味,带调侃意味,意即告诉咱们的丈夫,咱们是怎么跟他发生(性)关系的。
④ 原文为"there would be no period to the jest"。朱生豪译为:"我们这一个笑话也一定要这样才可以告一段落。"梁实秋译为:"这场笑话也没有结局。"彭镜禧译为:"这场闹剧收不了场。"
⑤ 原文为"to the forge with it, then shape it"。朱生豪译为:"那么我们就去商量办法吧。"梁实秋译为:"打铁要趁热;就去着手。"彭镜禧译为:"打铁要趁热。"

第三场

嘉德酒店一室

（酒店老板与巴道夫上。）

巴道夫　　　老板，那几个日耳曼人①要用您三匹马。公爵本人明天在王宫②，他们要去见他。

酒店老板　　什么公爵，来得这么秘密？在宫里，我没听说过他。让我跟他们谈谈。他们会说英语吗？

巴道夫　　　会，老板。我喊来见您。

酒店老板　　他们可以用我的马，但得给我付钱。要付一大笔钱。③他们住我店里已有一个礼拜。我回绝了其他客人。他们必须付钱，要付一大笔。来。（下。）

---

① 日耳曼人（German）：当时的日耳曼人并不等于今天的德国人。

② 王宫（the court）：即温莎城堡中的王宫。按梁实秋译注，这场戏与整个剧情无任何关联，只为影射当时的一件事：福滕贝格和泰克公爵（Duke of Wurttemberg and Teck）于1592年访问温莎，先在雷丁（Reading）拜会女王伊丽莎白一世，后在温莎宫接受款待。

③ 原文为"I'll sauce them"。朱生豪译为："世上没有这样便宜的事。"梁实秋译为："我要对他们毫不客气。"彭镜禧译为："我要敲他们一笔。"

第四场

福德家中一室

（佩奇、福德、佩奇夫人、福德夫人与休·埃文斯牧师上。）

埃文斯	一个女人的最精明之处，我从没见过。
佩奇	他同时把两封信送到你俩手里？
佩奇夫人	相隔不到一刻钟。
福德	原谅我，夫人。以后你愿干什么干什么。我宁愿猜疑太阳会变冷，也不疑心你放荡。现在，你的名誉，立在原先那个异教徒体内，像信仰一样牢固。①
佩奇	好了，好了，别再说了。顺从和冒犯一样，都

---

① 原文为"Now doth thy honour stand, In him that was of late an heretic, As firm as faith"。朱生豪译为："你已经使一个对于你的贤德缺少信心的人，变成你的一个忠实信徒了。"梁实秋译为："以往我对你信心不坚，现在我认为你的贞节是监督部的了。"彭镜禧译为："你的贞洁在原先是异教徒的我心里，牢固有如信仰。"

	别走极端。①还是让你我两位夫人，再设计一场公开好戏，约那个胖老头儿见面，然后，咱们当场捉住他，羞辱他。
福德	她们刚提的那个办法再好不过。
佩奇	怎么！给他送信儿，约他午夜在公园见面？呸，呸！他决不会来。
埃文斯	你们说，他曾被人丢到河里，又被当成老女人遭了一顿暴打。依我看，他应该吓坏了，不会来的。我想，他皮肉受了罚，不该再生邪念。
佩奇	我也这么想。
福德夫人	你们只管想等他来了怎么对付，我们俩设法把他引这儿来。
佩奇夫人	有个老故事，讲到猎人赫恩②，从前在温莎森林这儿做猎场看守人，整个冬天，在寂静的午夜，绕着一棵橡树转悠，头顶长着粗大的角。在那儿，他使树木枯萎，给牲畜施魔法，叫奶牛产血乳，以顶恐怖、可怕的动作，摇着

---

① 原文为"Be not as extreme in submission as in offence"。朱生豪译为："太冒冒失失固然不好，太服服帖帖可也不对。"梁实秋译为："顺从和冒犯一样，不可趋于极端。"彭镜禧译为："卑躬屈膝和作威作福都是过犹不及。"

② 猎人赫恩（Herne the hunter）：传说中的人物，死后阴魂不散，其幽灵常在深更半夜来到离温莎王宫不远的一棵橡树附近徘徊，手里摇着一根铁链"哗哗"作响。这棵被称为"赫恩橡树"的橡树，1863年毁于雷电，树龄超过600年。

佩奇夫人　　从前在温莎森林这儿做猎场看守人。

		一根铁链。你们听说过这个幽灵,深知迷信、脑子糊涂的老辈人全信以为真,传到咱们这代,也把猎人赫恩这故事当一件真事。①
佩奇	哎呀,现在还好多人怕在深夜走近这棵赫恩橡树。但干吗说这个?
福德夫人	以圣母马利亚起誓,这是我们的计策,叫福斯塔夫装扮成赫恩的样子,头戴两只大犄角②,到橡树那儿跟我们见面。
佩奇	好,就算他没起疑心来了,也扮成这副模样。那把他弄到那儿,你们怎么处置他?你们怎么计划的?
佩奇夫人	我们早想好了,这么办。我女儿安妮·佩奇和我小儿子,加上三四个同样个头的孩子,把他们打扮成小鬼儿、小妖、小精灵,绿的、白的都有,每人头上顶一圈蜡烛,手里拿着摇铃。等福斯塔夫,她,我,仨人一见面,冷

---

① 原文为"You have heard of such a spirit, and well you know / The superstitious idle-headed eld, / Received, and did deliver to our age / This tale of Herne the hunter for a truth"。朱生豪译为:"这一个传说从前代那些迷人的人们嘴里流传下来,就好像真有这回事一样,你们各位也都听见过的。"梁实秋译为:"你们总听说过这样的一个幽灵,你们一定也知道古老时代的迷信的人把这故事当作真事,一直传到我们这个时代。"彭镜禧译为:"你们听说过这个鬼魂,也很清楚那些没脑筋的迷信的老一辈听信这些传说,代代相传到现在,把猎人赫恩的故事当成真的一样。"

② 装扮成赫恩的样子,头戴两只大犄角(Disguised like Herne, with huge horns on his head):这句为"牛津版"所加,"皇莎版"中没有。

	不丁的,让他们立刻从一个锯木坑①里窜过来,乱唱一通。见此情景,我们俩惊恐万状,飞身逃走。然后让他们整个围住他,像小精灵似的,拧那个龌龊的骑士,问他为什么在精灵狂欢之时,竟敢以亵渎神灵的装扮,踏进这条如此神圣的小路。
福德夫人	让这些假冒的精灵狠命拧他,用蜡烛烧他,不说实话没个完。
佩奇夫人	等他说了实话,咱们全都现身,把这幽灵头上的犄角去掉,然后一路嘲笑,送他回温莎的家。
福德	得好好训练这些孩子,不然干不了。
埃文斯	我来教孩子们怎么做,自己也扮成一只杰克猴儿,拿蜡烛去烧这骑士。
福德	那太棒了。我去给他们买面具。
佩奇夫人	我的安要给众精灵当仙后,穿一件漂亮的白袍。
佩奇	我去买那丝绸。——(旁白。)到那时,叫斯兰德先生把安妮偷走,到伊顿②跟她结婚。——(向佩奇夫人与福德夫人。)去,马上给福

---

① 锯木坑(sawpit):指双人拉大锯锯大树时下方锯手站立的坑。
② 伊顿(Eton):与温莎隔河相望的一个村子。

	斯塔夫送信儿。
福德	不,我要以布鲁克的名义再去找他。他会把打算全告诉我。他一定会来。
佩奇夫人	这您不用担心。——(向佩奇、福德与埃文斯。)去给我们拿道具,还有咱精灵们的服装。
埃文斯	咱们忙乎起来。这是令人叫绝的高兴事,是非常善良的邪恶行为①。

(佩奇、福德与埃文斯下。)

佩奇夫人	去吧,福德夫人,快派人去福斯塔夫那儿,探听他什么意思。(福德夫人下。)我去医生②那儿。他中我的意。除了他,谁也别想娶走安·佩奇。那个斯兰德,虽说田产不少,却是个傻蛋,我丈夫倒最偏爱他。医生挺有钱,何况他不少朋友在宫里很有势力。他,只有他,能娶她,哪怕来两万个更相配的向她求婚也甭想。(下。)

---

① 埃文斯英文不好,在此尽力咬文嚼字。原文为"It is admirable pleasures and fery honest knaveries"。朱生豪译为:"这是个很好玩儿的玩意儿,而且也是光明正大的恶作剧。"梁实秋译为:"这是很好玩的,而且是很高尚的恶作剧。"彭镜禧译为:"这可是绝妙的乐事,灰常正当的无赖行为。"

② 即凯乌斯医生。

第五场

嘉德酒店中一室

（酒店老板与辛普尔上。）

酒店老板　你来干吗,乡巴佬？喂,傻蛋！说话,吭声儿,开口。——简、短、快、脆！

辛普尔　以圣母马利亚起誓,先生,斯兰德先生派我来,要跟约翰·福斯塔夫爵士说句话。

酒店老板　他的房间,他的住宅,他的城堡,他的大睡床和小矮床①,都在那边。那儿的墙上有浪子回头的故事②,新画的。去,敲门,喊他。他冲你说话,那样子像个食人生番。③敲门,我说。

辛普尔　有个老女人,一个胖婆娘,上楼进了他房间。

---

① 小矮床（truckle-bed）：可推入大（睡）床下面的小（矮）床。

② 浪子回头的故事（the story of Prodigal）：这一《圣经》典故出自《新约·路加福音》15：11—31。

③ 朱生豪译为："他就会跟你胡说八道。"梁实秋译为："他对你说话会像是要吃人的样子。"彭镜禧译为："他会像个'俺说破法尽黏人'（音译）。"

	请恕冒昧,先生,我在这儿等,等到她下来。我是来跟她说话的。
酒店老板	哈!一个胖婆娘!骑士可能遭劫了。我来喊。——豪勇的骑士!豪勇的约翰爵士!① 用你军人的双肺说话。你在听吗?这是你的店老板,你的以弗所人②,在喊你。
福斯塔夫	(在上。)什么事,老板?
酒店老板	这儿有个波西米亚的鞑靼人③,在等你的胖婆娘下来。让他下来,勇士,让他下来。我的屋子都体面着呐。呸!干脏事儿?④呸!

(福斯塔夫上。)

福斯塔夫	有个肥老婆子,老板,刚才还跟我在一起,可她已经走了。
辛普尔	请问,先生,是布伦特福德精通魔法的那个女人吗?
福斯塔夫	对,以圣母马利亚起誓,你说对了,贝壳⑤。

---

① 原文为"Bully knight! Bully John"。朱生豪译为:"喂,骑士!好爵爷!"梁实秋译为:"漂亮的武士!漂亮的约翰爵士!"彭镜禧译为:"骑士老兄,约翰爵士老兄!"

② 以弗所人(Ephesian):代指酒肉朋友。朱生豪译为"你的老朋友",梁实秋译为"你的好朋友",彭镜禧译为"你的酒肉朋友"。

③ 波西米亚的鞑靼人(a Bohemian-Tartar):代指野蛮人。朱生豪译为"一个流浪的鞑靼人",梁实秋译为"一个野人",彭镜禧译为"这儿来了个蛮子"。

④ 朱生豪译为:"不能让你们干那些鬼鬼祟祟的勾当。"梁实秋译为:"偷偷摸摸的?"彭镜禧译为:"还藏娇呢?"

⑤ 贝壳(mussel-shell):指张大嘴说话的辛普尔像一个开口儿的贝壳。朱生豪译为"螺蛳精",彭镜禧译为"淡菜壳儿"。

辛普尔	我的主人,先生,我的主人斯兰德,见她打街上过,派我来找她,想知道,先生,那个叫尼姆的,先生,当初骗走他一条金链子,那链子还在不在。
福斯塔夫	我跟那老婆子说过这事。
辛普尔	请问,先生,她怎么说?
福斯塔夫	以圣母马利亚起誓,她说,骗走斯兰德先生金链子的,跟把金链子从他手里骗走的,是同一个人。
辛普尔	我有话要跟那个女人当面说,派我来,也还有别的事跟她说。
福斯塔夫	他们什么事?说来听听。
酒店老板	对,说呀。快。
辛普尔	我不能隐瞒①,先生。
酒店老板	隐瞒不说,弄死你。
辛普尔	哎呀,先生,也就是关于安妮·佩奇小姐的事,想知道我家主人有没有运气娶她。
福斯塔夫	有,这是命运。
辛普尔	什么命运,先生?
福斯塔夫	娶得到,——或娶不到。走吧,就说,是那女

---

① 我不能隐瞒(I may not conceal them):"conceal"为辛普尔误用,他本想说"reveal"(透漏),意即我不能透露。在下句中,店老板索性沿用辛普尔之误用。

	人这么告诉我的。
辛普尔	大着胆子这么说,先生?
福斯塔夫	对,先生,——像贼大胆儿一样。①
辛普尔	谢谢大人您。我的主人听到这消息,准会高兴。(下。)
酒店老板	你很有学问,很有学问,约翰爵士。真有个懂魔法的女人在你这儿?
福斯塔夫	对,真有一位,我的老板。她教给我的智慧,比我打落生以来学到手的都多。我不仅半分钱没掏,还因为学东西给我倒贴钱②。

(巴道夫上。)

巴道夫	糟了,哎呀,先生,欺骗!绝对欺骗!
酒店老板	我的马呢?好好说我的马③,蠢材。
巴道夫	跟骗子们一起逃了。我骑在一个人的身后④,刚过伊顿,他们就把我扔下来,掉在一个泥

---

① 像贼大胆儿一样(like who more bold):朱生豪译为:"你尽管这样说好了。"梁实秋译为:"谁还能更大胆?"彭镜禧译为:"当然可以。""牛津版"此句作"sir Tike!——who more bold?",译为:"乡巴佬先生!——还有谁更大胆?"

② 还因为学东西给我倒贴钱(was paid for my learning):"倒贴钱"指福斯塔夫挨了福德一顿暴打。朱生豪译为:"我不但没有花半个钱的学费,而且她反倒给我酬劳呢。"梁实秋译为:"我并没有付给她钱,可是我为了学习倒是吃了不少苦头。"彭镜禧译为:"我一毛钱都没付,只是用别的方式抵了学费。"

③ 好好说我的马(speak well of them):朱生豪译为:"好好地对我说",梁实秋译为"马可好吧",彭镜禧译为"好好讲"。

④ 巴道夫骑在一个日耳曼人的身后,以便到达目的地后,再把三匹马带回酒店。

	坑里,然后一踢马刺,策马飞奔,活像三个日耳曼魔鬼,三个浮士德博士①。
酒店老板	蠢蛋,他们只是去迎接公爵。别说他们逃了。日耳曼人都很诚实。

(埃文斯上。)

埃文斯	店老板在哪儿?
酒店老板	什么事,牧师?
埃文斯	热情待客您多留心。我有个朋友来城里告诉我,有三个日耳曼骗子,把雷丁、梅登黑德、科尔布鲁克②所有酒店老板的马和钱,全都骗了。我好心告诉您,您留神。您多精明,满脑子风凉话,爱作弄人,您若受了骗,说不过去。再会。(下。)

(凯乌斯上。)

凯乌斯	我的嘉特酒店老板在那儿?③
酒店老板	在这儿,医生先生,困惑、怀疑,正犯难呐。
凯乌斯	我不懂您意思。不过有人告诉我,说您准备盛情款待一位雅尔曼的公爵④。以我的性仰

---

① 三个浮士德博士(three Doctor Faustuses):克里斯托弗·马洛名剧《浮士德博士》的主角,一个日耳曼人,把灵魂卖给了魔鬼。
② 雷丁、梅登黑德(Maidenhead)、科尔布鲁克(Colebrook):离温莎镇不远的三个小镇。
③ 凯乌斯说英语有口音,意即我的嘉德酒店老板在哪儿?
④ 凯乌斯发音不准,意即盛情款待一位日耳曼公爵。

	起誓,宫里没谁知道有啥公爵要来①。我好意告诉您。告辞。(下。)
酒店老板	(向巴道夫。)喊人抓贼,蠢材,快去!——(向福斯塔夫。)帮我一把,骑士,这回完蛋了!——(向巴道夫。)飞跑,快跑,喊人抓贼,蠢材!完蛋了!(酒店老板与巴道夫下。)
福斯塔夫	我愿整个世界都受骗,因为我受了骗,还挨了打。倘若传到宫廷的耳朵里,说我如何变身,变了身如何被水洗、遭棒打,他们非把我这身肥肉一滴滴熔化,给渔夫的靴子涂油。我保证他们会凭机灵的脑子鞭打我,把我打得蔫头耷脑,像一只干瘪的梨。②自打上次赌牌,我发誓说没作弊,便没交过好运。③

---

① 原文为"dere is no duke that the court is know to com"。朱生豪译为:"可是我不骗你,我在宫廷里就不知道有什么公爵要来。"梁实秋译为:"根本没有公爵要到宫廷来。"彭镜禧译为:"宫廷里没听说有傻(啥)公爵要来。"

② 原文为"I warrant they would whip me with their fine wits till I were as crestfallen as a dried pear"。朱生豪译为:"他们一定会用俏皮话把我挖苦得像一只干瘪的梨一样丧气。"梁实秋译为:"我准知道他们会用俏皮话把我挖苦得垂头丧气像一只干瘪梨。"彭镜禧译为:"我保证他们会用尖酸刻薄的俏皮话来挖苦我,不弄得我灰头土脸像一粒干瘪的梨子不会罢休。"

③ 原文为"I never prospered since I forswore myself at primero"。朱生豪译为:"自从那一次赖了赌债以后,我一直交着坏运。"梁实秋译为:"我自从那次打牌作弊,一直没交过好运。"彭镜禧译为:"自从上回赌牌作弊发假誓之后,我就没有好运过。"

		唉，这口气儿若喘得足够长，我会忏悔的。①
（桂克丽夫人上。）		
福斯塔夫	喂，您由哪儿来？	
桂克丽	实话说，从她们两位那儿。	
福斯塔夫	叫魔鬼抓走一个，魔鬼他娘抓走另一个！这样，把她们都摆脱了。我为她们遭了多少罪，多少罪，哪个邪恶善变的花心男人受得住。②	
桂克丽	难道她们没遭罪吗？遭罪呀，我向您保证，特别是其中的一位。福德夫人，多好的心肠，被打得浑身青紫，连一块白点都找不见③。	
福斯塔夫	还跟我说什么浑身青紫？我自己全身被打成七色彩虹④，差点儿给当成布伦特福德的	

---

① 原文为"If my wind were but long enough, to say my prayers, I would repent"。朱生豪译为："要是我在临终以前还来得及念祷告，我一定要忏悔。"梁实秋译为："如果我这一口气不断，还能做祷告，我是要忏悔的。"彭镜禧译为："要是我活得够久，我总会忏悔的。"

② 原文为"I have suffered more for their sakes, more than the villainous inconstancy of man's disposition is able to bear"。朱生豪译为："我已经为了她们吃过多少苦，男人本来是容易变心的，谁受得了这样的欺负！"梁实秋译为："我为了她们所吃的苦头，不是一个用情不专的男人所能忍受的。"彭镜禧译为："我为她们受的罪，岂是一般花心男人所能忍受的。"

③ 意即全身上下被打得没一块好肉。原文为"is beaten black and blue, that you cannot see a white spot about her"。朱生豪译为："给他的汉子打得身上一块青一块黑的，简直找不出一处白净的地方。"梁实秋译为："被打得黑里透青，浑身上下你找不到一块白净的地方。"彭镜禧译为："被打得青一块紫一块，浑身上下看不见一点儿白肉。"

④ 原文为"I was beaten myself into all the colours of the rainbow"。朱生豪译为："我自己给他打得五颜六色，浑身挂彩呢。"梁实秋译为："我自己也被打得五色缤纷。"彭镜禧译为："我被打得彩虹般七彩斑斓。"

		女巫逮起来。若非我脑子灵巧绝妙，假装一个老女人的做派，救了自己，早叫那无赖治安官给我套上足枷①，当成一个女巫，套枷示众。
桂克丽		先生，让我到您屋里来说话。一听就知道怎么回事儿，而且，我保证，包您满意。这儿有封信，说了点什么②。——几颗仁慈的灵魂，把你们拢一块儿好麻烦呐！肯定，你们中有谁没侍奉好上天，你们才会这么遭罪③。
福斯塔夫		上来，到我房里。（同下。）

---

① 足枷（stocks）：一种刑具，主要用来惩罚扰乱治安者。此句原文为"But that my admirable dexterity of wit, my counterfeiting the action of an old woman, delivered me, the knave constable had set me i'th'stocks, i'th'common stocks, for a witch"。朱生豪译为："要不是我急中生智，把一个老太婆的举动装扮得活灵活现，我早已给混蛋官差们锁上脚镣，办我一个妖言惑众的罪名了。"梁实秋译为："若不是我急中生智，假装做一个老太婆的样子，那些混账警吏会把我投进脚枷，当作一个巫婆当众上枷。"彭镜禧译为："亏得我机智过人，把巫婆装得有模有样，救了自己一命，不然早被那流氓警官当成女巫，上了脚枷啦，那不入流的脚枷。"

② 朱生豪译为："您看了就知道了。"梁实秋译为："您一看就明白。"彭镜禧译为："多少有些解释。"

③ 原文为"Sure, one of you does not serve heaven well, that you are so crossed"。朱生豪译为："你们中间一定有谁得罪了天，所以才这样颠颠倒倒的。"梁实秋译为："一定是你们之中有一位获罪于天，所以你们这样的好事多磨。"彭镜禧译为："我敢说，你们当中一定有一个得罪了老天，你们的好事才会这么多磨。"

第六场

嘉德酒店中另一房间

（芬顿与酒店老板上。）

酒店老板	芬顿先生，别跟我说。我心里压得慌。以后什么也不管。①
芬顿	还是听我说。照我的意思帮我②，我是个绅士，除了给你补上损失，外加一百镑金币。
酒店老板	听您的，芬顿先生。至少，我会替您保密。
芬顿	不止一次，我跟您说，我对美丽的安妮·佩奇心怀挚爱，对我的情爱她也做了相应回答，——若能自己做主选择，——完全依从我的心愿。我接到她一封信，信的内容会叫您吃惊。信里讲的趣事③跟我的事④

---

① 指不再帮芬顿向安妮·佩奇求婚。
② 原文为"Assist me in my purpose"。朱生豪译为："我要你帮我做一件事。"梁实秋译为："你要帮我进行。"彭镜禧译为："帮我这个忙。"
③ 信里讲的趣事（mirth）：指对羞辱福斯塔夫一事的描述。
④ 我的事（my matter）：即芬顿自己追求安妮·佩奇一事。

紧紧搅在一起,不摆出两个事,单讲说不明白。①——肥胖的福斯塔夫在戏里有个大角色。玩笑的大概意思,我这儿全都告诉您。(指信。)听好,仁慈的店老板,今夜在赫恩橡树那儿,正好十二点到一点之间,我甜美的安要扮演仙后——用意何在,这儿写着——他父亲命她,以仙后这身装扮,在其他人尽情欢笑之际,跟斯兰德一起悄悄溜走,到伊顿立刻结婚。她答应了。可是,先生,她母亲——向来强力反对这一婚配,坚定支持凯乌斯医生——约好了,同样要他,当大家的脑子正忙乎其他游戏时,把她偷偷带走,到教区牧师家里,那儿有个教士等着,俩人当即成婚。她对母亲这个计策,表面应承,同样向医生许诺。——眼下,事情成了这样。她父亲要她穿一身白衣服,当斯兰德瞅准时机,去拉她的手,叫她走,她就跟他走。她母亲另有打算,为了让医生一眼认出她——因

---

① 原文为"The mirth whereof so larded with my matter,/ That neither singly can be manifested,/ Without the show of both"。朱生豪译为:"原来她给我出了个好主意,而这主意又是跟一个笑料分不开的,要说到我们的事儿,就得提到那个笑料,要给你讲那个笑料,就得说一说我们的事儿。"梁实秋译为:"信里面满纸笑谈,其中又夹杂着我的婚事问题,两桩事无法分开来说,一说便要两者兼顾。"彭镜禧译为:"其中的趣事和我的计划有密切关联,只要讲到其中之一,就非得两样都讲。"

	为每人都必须戴上面罩、面具——叫她穿一件漂亮、宽松的绿袍子,头上悬垂彩带,在空中飘扬。当医生窥见时机成熟,便用手捏她一下,凭这个暗号,已经答应了他的姑娘自然跟他走。
酒店老板	父亲、母亲,她打算骗哪个?
芬 顿	两个都骗,我仁慈的店老板,好跟我一起走。问题在这儿,您给找个教区牧师,在教堂等我,十二点到一点之间,到时以合法婚姻的名义,为我们举行同心永结的婚礼①。
酒店老板	好,去完成您的计划。我去找教区牧师。您带姑娘来,教士缺不了。
芬 顿	那我永远欠你恩情,而且,我要立刻酬谢。
	(同下。)

---

① 原文为"And, in the lawful name of marrying, / To give our hearts united ceremony"。朱生豪译为:"为我们举行正式的婚礼。"梁实秋译为:"以合法婚姻的名义给我们主持婚事。"彭镜禧译为:"以合法的婚姻之名,替我们举行婚礼,永结同心。"

第五幕

第一场

嘉德酒店中一室

(福斯塔夫与桂克丽夫人上。)

福斯塔夫　　请你,别闲扯了。去吧。——我一定赴约。这是第三回。我希望好运出在单数上。去吧,去。据说单数上有神力,甭管诞生、机缘或死亡。去吧!

桂克丽　　我替您预备一条链子,尽力给您搞一对儿犄角。

福斯塔夫　　去吧,我说!时间都磨掉了。抬起头,碎步走。(桂克丽下。)

[福德(扮成布鲁克)上。]

福斯塔夫　　怎么样,布鲁克先生!布鲁克先生,成与不成,事情今夜见分晓。估摸午夜到公园,在赫恩橡树附近,您会看到奇迹。

福德　　昨天您没去她那儿,先生?您说早约好了。

福斯塔夫　　去找她的时候,布鲁克先生,如您所见,我像个可怜的老头儿,从那儿一回来,布鲁克先生,却像个可怜的老太婆。又是那个混蛋福德,她丈夫,身体里有癫狂的嫉妒的魔鬼,布鲁克先生,永远掌控疯狂①。——实不相瞒,——他把我暴打一顿,我当时一副女人装扮。要是一副男人本相,布鲁克先生,连手拿一个织工线轴的歌利亚②我都不怕,因为我也晓得生命就是一只梭子③。抓紧时间。跟我一块儿走,布鲁克先生,我全都告诉您。从我拔鹅毛、逃课、抽陀螺④那时候起,直到最近才见识什么叫挨打⑤。跟我来,我把这个混蛋福德的稀奇事儿告诉您。今

---

① 原文为"ever governed frenzy",意即福德永远被嫉妒的疯魔操纵。朱生豪未译出。梁实秋译为:"我从未见过这样的疯狂。"彭镜禧译为:"老是叫他发疯。"

② 歌利亚(Goliath):《圣经》中的非利士巨人,参见《旧约·撒母耳记上》17:7:"枪杆粗如织布的机轴,……"朱生豪译为:"别说他是个福德,就算他是个身长丈二的天神,拿着一根千斤重的梁柱向我打来,我也不怕他。"梁实秋译为:"就是巨人高赖阿兹拿着织工的线轴柱,我也不怕。"彭镜禧译为:"连那手持织布机轴的歌利亚我都不怕。"

③ 生命是一只梭子(life is a shuttle):典出《圣经》,参见《旧约·约伯记》7:6:"我的日子比一个织工的梭子更快。"(My days are swifter than a weaver's shuttle.)朱生豪未译出。梁实秋译为:"因为我也晓得人生如梭。"彭镜禧译为:"因为我也知道生命如织布机的梭子。"

④ 拔鹅毛是男孩子的淘气行为,抽陀螺是儿时的一种游戏。

⑤ 原文为"I knew not what it was to be beaten till lately"。朱生豪译为:"直到现在才重新尝到挨打的滋味。"梁实秋译为:"直到最近,还没有再挨过揍呢。"彭镜禧译为:"这是第一次尝到挨打的滋味。"

赫恩橡树

夜我要报复他,把他老婆交到您手里。跟我来。——稀奇事儿正在发生,布鲁克先生。——跟我来。(同下。)

第二场

温莎公园

(佩奇、沙洛与斯兰德上。)

佩奇　　来,来,在看到咱们小精灵的光亮之前,就躲在这城堡壕沟里。——记住,斯兰德女婿,我女儿,——

斯兰德　对,一定。跟她约好了,怎么用一句暗语相认。她穿着白衣服,我找见她,喊一声"安静",她喊一声"保密"①,凭这个,我们彼此相认。

沙洛　　那也好。但非得您喊"安静"、她喊"保密"不可?一身白衣服足以暴露她。——敲过十点钟了。

佩奇　　夜色深黑。正适合光亮与精灵。愿上天让咱

---

① "安静"与"保密"(mum and budget):十六、十七世纪在英国儿童中流行的一种游戏。斯兰德在此将两词拆分,说他已与安妮·佩奇约定,到时他喊"安静",她喊"保密",以便彼此相认。朱生豪译为:"我看见她穿着白衣服,就上去对她说'姆',她就回答我'不见得'。"梁实秋译为:"我看见穿白衣服的她,就喊'莫作声';她就喊'不要响'。"彭镜禧译为:"我去找穿白衣服的她,喊一声'保持',她就喊一声'安静'。"

们的游戏交好运!除了魔鬼,没有谁心存歹意,咱们凭他头上的角,一眼就能认出来。咱们走。跟我来。(同下。)

第三场

温莎一街道

(佩奇夫人、福德夫人与凯乌斯医生上。)

佩奇夫人　　医生先生,我女儿一身绿色。您瞅准时机,牵着她手,带她去教区牧师家,抓紧把事儿办完。先进公园。我俩必须一块儿走。

凯乌斯　　我知道怎么做。告辞。

佩奇夫人　　再会,先生。(凯乌斯下。)——福斯塔夫受辱叫我丈夫少不了开心,但这医生娶我女儿照样令他气恼。①不过没关系,一顿小小责骂胜

---

① 原文为"My husband will not rejoice so much at the abuse of Falstaff, as he will chafe at the Doctor's marrying my daughter"。朱生豪译为:"我的丈夫把福斯塔夫羞辱过了以后,知道这医生已经跟我的女儿结婚,一定会把一场高兴,化作满腔怒火的。"梁实秋译为:"我的丈夫看了福斯塔夫受辱固然高兴,可是看到医生娶了我女儿怕要大为光火。"彭镜禧译为:"我丈夫对狠狠作弄福斯塔夫这件事虽然开心,可是让这大夫娶了我女儿,他会更加火大。"

	过整个心碎。①
福德夫人	安现在在哪儿,还有她那群精灵?还有威尔士的魔鬼休?②
佩奇夫人	全藏在赫恩橡树附近一个坑里,遮住光亮,等福斯塔夫一跟我们见面,立刻在夜里展示光亮。
福德夫人	那还吓不住他。③
佩奇夫人	即使没吓坏,也要遭嘲弄。如果吓坏了,那处处都要受嘲弄。
福德夫人	咱们要好好骗他一番。
佩奇夫人	对这类色鬼及其淫荡,欺骗算不上耍奸使诈。④
福德夫人	时间快到了。去橡树那儿,去橡树那儿! (同下。)

---

① 原文为"Better a little chiding than a great deal of heart break"。朱生豪译为:"与其让他害得我将来心碎,宁可眼前挨他一顿臭骂。梁实秋译为:"宁可挨一场小小的骂,总比大大伤心要好一些。"彭镜禧译为:"宁可挨一顿小小的骂,不要大的心碎。"

② 原文为"And the Welsh devil Hugh"。朱生豪译为:"还有那个威尔士鬼子休牧师呢?"梁实秋译为:"还有威尔士的魔鬼修。"彭镜禧译为:"还有那威尔士妖怪埃文斯呢?"

③ 原文为"That cannot choose but amaze him"。朱生豪译为:"那一定会叫他大吃一惊。"梁实秋译为:"这一定要使他大为惊慌。"彭镜禧译为:"那肯定会吓坏他。"

④ 原文为"Against such lewdsters and their lechery, / Those that betray them do no treachery"。朱生豪译为:"像他这种淫棍,欺骗他、教训他也是好事。"梁实秋译为:"对这种淫人和淫荡的举动,/骗他们一下不算对朋友不忠。"彭镜禧译为:"对付这种色狼和他们的淫行,/虚情假意算不得欺诈背信。"

第四场

温莎公园

（乔装的休·埃文斯牧师及其他假扮的精灵们上。）

埃文斯　快走，快走，精灵们。来，各自记好台词。请你们，放开胆子。跟我进坑，等我一发暗号，就照我吩咐的做。来，来，快走，快走。（同下。）

第五场

公园中另一部分

（福斯塔夫乔装成猎人赫恩上。）

福斯塔夫　　温莎的钟敲了十二下，时间快到了。现在，愿贪淫的众神助我！——记住，周甫，为了欧罗巴，你曾变成一头牛。①爱神叫你头生双角。②——啊，强大的爱神！有时把一头野兽变成人，有时又把人变成一头野兽。为得到丽达的爱，朱庇特，您还曾变身一只天鹅。③——啊，万能的爱神，差点儿把天神的面孔变成一只鹅！——先以野兽的形貌犯

---

① 周甫(Jove)：即罗马神话中的主神朱庇特(Jupiter)。欧罗巴(Europa)：罗马神话中腓尼基(Phoenicia)国王阿格诺尔(Agenor)的女儿。朱庇特变身为一头公牛，将欧罗巴驮在背上，游向克里特岛(Crete)。故事详见奥维德《变形记》。

② 原文为"Love set on thy horns"。此处"Love"应指罗马神话中的爱神维纳斯。朱生豪译为："爱情使你头上生角。"梁实秋译为："爱情给你头上装了角。"彭镜禧译为："爱情为你戴上犄角。"

③ 丽达(Leda)：罗马神话中斯巴达(Sparta)国王之妻，朱庇特变身一只天鹅将其诱奸。"丽达与天鹅"的故事详见奥维德《变形记》。

罪。——啊,周甫,一桩兽性之罪!①然后,又以一只飞禽的形貌犯罪。——想想吧,周甫,一桩可耻之罪!众神一旦贪欲,可怜的凡人该当如何?至于我,我是温莎这儿的一头雄鹿,我想,还是森林里最肥的一只。送我一个凉爽的交配季节,周甫,否则,看谁怪我挥霍脂肪②?——谁来了?我的母鹿?

(福德夫人与佩奇夫人上。)

福德夫人　约翰爵士?你在那儿吗,我的鹿③?我的公鹿?

福斯塔夫　我的黑尾巴母鹿!——让天空普降番薯④雨,让雷声配上《绿袖子》的旋律,落的冰雹是亲嘴儿糖,下的雪是海刺芹⑤。让一场春情

---

① 原文为"A fault done first in the form of a beast. O Jove, a beastly fault"。朱生豪译为:"首先不该变成一头畜生。——啊,老天,这罪过可没有一点人气味。"梁实秋译为:"头一次为非作歹是以畜生的形状出现;啊周甫,好下贱的罪过!"彭镜禧译为:"您先是以走兽形象犯罪。乔武啊,那是兽行之罪。"

② 挥霍脂肪(piss my tallow):一般认为雄鹿在交配期排尿频繁,待交配期结束,会因能量消耗变瘦。按"皇莎版"释义,"piss"为挥霍之意(piss away)。

③ 我的鹿(my deer):与"my dear"(我亲爱的)双关。

④ 番薯(potatoes):红薯或西班牙番薯。据说吃红薯能提升性欲。原文为"Let the sky rain potatoes"。朱生豪译为:"让天上落下马铃薯般大的雨点来吧。"梁实秋译为:"让天上落红薯吧。"彭镜禧译为:"愿老天降的雨是甜薯。"

⑤ 亲嘴儿糖(kissing-comfits):一种甜的用来消除嘴里气味的糖果。海刺芹(eryngoes):据说海刺芹的甜根像红薯一样,吃了能激起欲望。原文为"let it thunder to the tune of Greensleeves, hail kissing-comfits and snow eryngoes"。朱生豪译为:"让它配着淫曲儿的调子想起雷来吧,让糖梅子、春情草像冰雹雪花般落下来吧。"梁实秋译为:"从天上降小糖球,落海冬青吧。"彭镜禧译为:"落的冰雹是芳香接吻糖,下的雪是糖腌的海滨刺芹甜根。"

　　　　　　　的暴风雨来临,我要在这儿藏身。①(拥抱福德夫人。)
福德夫人　　佩奇夫人和我一块儿来的,亲爱的②。
福斯塔夫　　把我像一只偷猎的鹿切开③,你俩每人一半屁股。两扇肋骨我自己留着,肩膀的肉送给这片猎场的看守人,两只鹿角传给你们丈夫④。我是个猎手⑤,哈？我说话像猎人赫恩？——哎呀,丘比特这回算一个有良心的孩子,他补偿我了。我以幽灵之真身⑥,欢迎二位!(内号角声。)

---

①　原文为"Let there come a tempest of provocation, I will shelter me here"。朱生豪译为:"只要让我躲在你的怀里,什么泼辣的大风大雨我都不怕。"梁实秋译为:"诱惑尽管像暴风雨一般的袭来,我要在这里躲藏一下。"彭镜禧译为:"让春情如暴风雨般来临吧,我要藏身在这里。"

②　亲爱的(sweetheart):与"sweet hart"(亲爱的公鹿)双关。朱生豪译为"好人儿",梁实秋译为"爱人",彭镜禧译为"亲爱的鹿鹿"。

③　切开(divide):对偷猎来的鹿迅速处理,以免暴露偷猎行为。原文为"Divide me like a bribed buck, each a haunch"。朱生豪译为:"那么把我当成偷来的公鹿一般切开来,各人分一条大腿去。"梁实秋译为:"像是一条偷来的鹿,把我切了吧,你们每人一条后臀。"彭镜禧译为:"把我一分为二吧,像那偷猎的鹿,一人取一边臀部。"

④　意即叫你们丈夫都戴绿帽子。

⑤　猎手(woodman):即猎人(hunter),有"追猎女人者""玩弄女性者"之意涵。原文为"Am I a woodman, ha"。朱生豪把这句与下句"Speak I like Herne the hunter"合并成一句,译为:"哈哈!你们瞧我像不像猎人赫恩？"梁实秋译为:"我像不像猎人,哈？"彭镜禧译为:"我是个打野食的吗,哈？"

⑥　福斯塔夫假扮传说中的猎人赫恩,声称自己是赫恩的真身。原文为"As I am a true spirit, welcome"。朱生豪译为:"我用鬼魂的名义欢迎你们。"梁实秋译为:"以真正的鬼魂的名义,欢迎你们!"彭镜禧译为:"我这个忠实的鬼魂,欢迎两位。"

佩奇夫人	哎呀！什么声音？
福德夫人	上天①宽恕我们的罪恶！
福斯塔夫	这怎么回事？
福德夫人 佩奇夫人	快溜，快溜！（二人逃跑。）
福斯塔夫	我想魔鬼不愿叫我下地狱，省得这身肥油把地狱引燃②，否则，决不会这样妨碍我。

(休·埃文斯牧师假扮山羊怪萨梯③，皮斯托扮成小妖格布哥布林④，安妮·佩奇扮作仙后，其他人扮成众精灵，头上顶着蜡烛，上。)

桂克丽	黑、灰、绿、白，各色的精灵们，
	月光下的狂欢者，夜色中的暗影。
	你们是命运永固、无父无母的儿女⑤，——
	务必注意各自的职责和特定的差事。
	格布哥布林传令，招呼精灵们听好。
皮斯托	众精灵，听点名！安静，你们这些小精灵！

---

① 上天（heaven）：朱生豪译为"天老爷"，梁实秋译为"上天"，彭镜禧译为"老天"。

② 这是福斯塔夫的自嘲。按传统基督教观念，地狱为永火之地狱，福斯塔夫担心自己一身肥油，下了地狱会引燃大火，烧毁地狱。原文为"I think the devil will not have me damned, lest the oil that's in me should set hell on fire"。

③ 萨梯（Satyr）：古希腊神话中半人半羊的怪兽，好饮酒，贪恋女色。

④ 格布哥布林（Gobgoblin）：即"小精灵帕克"（Puck）或"好人儿罗宾"（Robin Goodfellow）的别名。

⑤ 传说中的小精灵都非父母所生，而且，命运固定不变。原文为"You orphan heirs of fixed destiny"。朱生豪译为："你们是没有父母的造化的儿女。"梁实秋译为："你们是无父无母无忧无虑的神仙。"彭镜禧译为："你们掌控命运，虽然无父无母。"

蟋蟀，你跳进温莎各家的烟囱瞧一瞧，
若瞅见谁家炉火没封好，灶台没扫净，
当场把那女仆浑身掐紫，像颗黑蓝莓，
咱光闪耀眼的仙后，痛恨懒散和邋遢。①

福斯塔夫 （旁白。）
全都是精灵，谁跟他们说话，谁得死，
我闭眼藏身，精灵干活儿凡人不能看。（俯卧在地。）

埃文斯 比德在哪儿？——您去，见哪个姑娘
若临睡之前做了三次祷告，
便激活想象器官香甜入梦②，
让她像婴儿似的安睡无忧。
但对那些睡前不思悔过者，
要把胳膊腿双肩背两肋小腿都掐遍。③

---

① 原文为"There pinch the maids as blue as bilberry : / Our radiant queen hates sluts and sluttery"。朱生豪译为："我们的仙后最恨贪懒的婢子，/ 看见了就把她拧得浑身青紫。"梁实秋译为："就把那婆娘拧得浑身青斑点点：/ 我们的仙后最不喜欢女人贪懒。"彭镜禧译为："就把那女仆掐得紫青，蓝莓一般；/ 靓丽的仙后痛恨邋遢与懒散。"

② 意即唤起想象使人甜美入梦。原文为"Raise up the organs of her fantasy"。朱生豪译为："你就悄悄地替她把妄想收束。"梁实秋译为："就让她在美梦中翱翔如意。"彭镜禧译为："就唤起她的想象力，好梦连连。"

③ 原文为"But those that sleep and think not on their sins, / Pinch them, arms, legs, backs, shoulders, sides, and shins"。朱生豪译为："谁要是临睡前不思量自己的过错，/ 你要叫他们腰麻背疼，手脚酸楚。"梁实秋译为："但是有些人在睡前不知思过忏悔，/ 拧他们的臂、背、肩、腰，和大腿小腿。"彭镜禧译为："但若是入睡前不先悔罪，/ 就掐她臂膀两腰脚胫及肩背。"

桂克丽　　动起来,动起来,精灵们,
　　　　　由里到外,搜遍温莎城堡。
　　　　　好运撒满每个神圣的房间,
　　　　　愿它稳固,直到末日审判①,
　　　　　堂皇瑰丽,尽享应有尊严,
　　　　　城堡配主人,主人配城堡②。
　　　　　要用熏香草汁和珍贵的鲜花,
　　　　　精心擦拭每把嘉德骑士座椅③。
　　　　　每个美丽座位、盾徽,每个头盔顶饰④,
　　　　　都要挂上忠诚的盾徽旗帜,永享祝福!⑤
　　　　　夜间草地上的精灵们,一展歌喉,

---

① 末日审判(perpetual doom):基督教的最后审判日。朱生豪译为"永无毁损",梁实秋译为"永不倾覆",彭镜禧译为"直到大审判来临"。此句中的"它"指温莎城堡。

② 主人(owner):温莎城堡的主人是女王伊丽莎白一世。原文为"Worthy the owner, and the owner it"。朱生豪译为:"辉煌的大厦恰称着贤德的主人。"梁实秋译为:"主人配得上大厦,大厦也配得上主人。"彭镜禧译为:"城堡与主人的身份两相匹配。"

③ 嘉德骑士座椅(chairs of order):温莎城堡内的圣乔治礼拜堂为每位嘉德骑士勋位者配置座椅。

④ 头盔顶饰(crest):骑士所戴头盔顶部的装饰。

⑤ 原文为"Each fair instalment, coat, and several crest, / With loyal blazon, evermore be blest"。朱生豪译为:"祝福那文橹秀瓦,画栋雕梁,/千秋万世永远照耀着荣光!"梁实秋译为:"每个美丽的座位、勋位、顶饰,/画着忠诚的勋纹,永垂万世!"彭镜禧译为:"爵士的座位、纹章、头盔顶饰,/都要永远挂上圣洁的旗帜!"

围成圈儿,像嘉德勋位圆环①一样。
用你们的足迹绘成一幅绿色图画,②
比整个原野显得更丰饶、更翠绿;
把"心生邪念者可耻"这句箴言,③
用紫、蓝、白色花朵写在草丛中,④
犹如蓝宝石、珍珠和丰富的刺绣,
系在英俊骑士们那弯曲的膝盖下。⑤
精灵们用缤纷的鲜花来书写。
快去,散开!但咱们别忘记,
一点钟之前,咱们要照惯例
围着猎人赫恩的橡树跳起舞。

---

① 嘉德勋位圆环(Garter's compass):即嘉德勋位吊袜带,嘉德勋位受封者将勋位绶带绑在膝盖下的袜子上,成一圆环(circle)。原文为"And nightly, meadow-fairies, look you sing, / Like to the Garter's compass, in a ring"。朱生豪译为:"拉成一个圆圈跳舞歌唱。"梁实秋译为:"要在夜间歌唱,草原的小仙,/像嘉德武士一般站成一个圆圈。"彭镜禧译为:"草场精灵,你们要在夜里歌唱,围成圆圈,像嘉德饰带一样。"

② 形容精灵们在草地上拉起的圆圈好比一幅绿色图画。

③ "心生邪念者可耻"(Honi soit qui mal y pense):原为法文,一句法语箴言。在伊丽莎白时代,每年圣乔治纪念日(4月23日),嘉德骑士团举行欢宴。次日,游行至圣乔治礼拜堂。每位骑士左膝下佩一蓝色袜带,上绣这句箴言。

④ 原文为"And, Honi soit qui mal y pense write / In em'rald tufts, flowers purple, blue and white"。朱生豪译为:"再用青紫粉白的各色鲜花,/写下了天书仙语,'清心去邪'。"梁实秋译为:"把'起邪念者可耻'那句箴言,/用紫、蓝、白的花朵写在绿草中间。"彭镜禧译为:"而'思有邪则耻'的字样/则以碧草、蓝白紫花朵写上。"

⑤ 原文为"Like sapphire, pearl and rich embroidery, / Buckled below fair knighthood's bending knee"。朱生豪译为:"像一簇簇五彩缤纷的珠玉,/像英俊骑士所穿的锦绣衣袴。"梁实秋译为:"像武士们在膝盖下面佩有/青玉、珍珠,和灿烂的锦绣。"彭镜禧译为:"好比青玉、珍珠,刺绣如锦霞,/紧系于英俊骑士的膝下。"

埃文斯　　　请你们,手牵手,顺序排好。

二十只萤火虫当灯笼来引路,

引领我们围着树,庄严起舞。

但稍等,我闻见凡人的气味。

福斯塔夫　　(旁白。)愿上天别叫那威尔士精灵发现我,免得把我变成一块奶酪①。

皮斯托　　　(向福斯塔夫。)

邪恶的蛆虫,你天生被邪恶迷住双眼②。

桂克丽　　　试一下,用火烧他手指尖儿③,

他若纯洁,火苗自然向后卷,

火燎一下也不疼。他若退缩,

表明这就是一块烂了心的肉。④

皮斯托　　　试一下,来!

埃文斯　　　来,这根木头⑤会着火吗?(众精灵用蜡烛烧福斯

---

① 福斯塔夫听出埃文斯假扮的这个精灵带有威尔士口音。一般认为威尔士人爱吃奶酪。

② 蛆虫(worm):在坟墓里专吃死人肉。原文为"Vile worm, thou wast o'erlooked even in thy birth"。朱生豪译为:"坏东西!你是个天生的孽种。"梁实秋译为:"贱虫,你生下来就被邪魔迷住了。"彭镜禧译为:"卑鄙的可怜虫,天生的倒霉鬼!"

③ 原文为"With trial-fire touch me his finger-end"。朱生豪译为:"让我用炼狱火把他指尖灼烫。"梁实秋译为:"用火来试烧他的手指尖。"彭镜禧译为:"且用火来烧他的指尖就知道。"

④ 原文为"But if he start, / It is the flesh of a corrupted heart"。朱生豪译为:"哀号呼痛的一定居心不良。"梁实秋译为:"如果他惊惶,/那就证明他的心地不良。"彭镜禧译为:"他若是突然向里缩,/那就是心肠邪恶者的一块肉。"

⑤ 这根木头(this wood):即福斯塔夫的手指。

塔夫。）

福斯塔夫　　啊！啊！啊！

桂克丽　　　邪恶，邪恶，欲望玷污了心灵！
　　　　　　围住，精灵们，唱支歌取笑他，
　　　　　　一边跳一边按节拍拧他别停手。

众精灵　　　　　（唱。）
　　　　　　呸，罪恶的想象！
　　　　　　呸，肉欲和淫荡！
　　　　　　肉欲只是血腥之火，
　　　　　　由淫荡的欲望点燃，
　　　　　　心喂养欲火，火焰升腾，
　　　　　　邪念吹欲火，越蹿越高。
　　　　　　掐他，精灵们，齐动手，
　　　　　　拧他，邪行恶念该受罚。
　　　　　　掐他、烧他，把他转晕，
　　　　　　转到烛火、星、月变暗。

（众精灵一边唱歌一边掐拧福斯塔夫。凯乌斯医生从一方上，带一绿衣小仙溜走；斯兰德自另一方上，带走一白衣小仙；芬顿上，带安妮溜走。内闻一阵打猎的声音。众精灵逃散。福斯塔夫摘去鹿角，起身。）

（佩奇、福德、佩奇夫人与福德夫人上。）

佩奇　　　　不，别逃，这下我们总算逮着您了。难道除
　　　　　　了猎人赫恩，没人给您当替身？

佩奇夫人　　好了，请你们别再开玩笑了。——现在，仁

	慈的约翰爵士,您对温莎的夫人们有多喜欢①?——(指着犄角。)您瞧这对儿犄角,丈夫?这对儿漂亮的牛轭②,留在林子里,不比在城里更好吗③?
福德	喂,先生,现在谁是戴绿帽子的男人?——(模仿福斯塔夫的口吻。)布鲁克先生,福斯塔夫是个混蛋,一个老婆偷腥的混蛋。这儿有他的角,布鲁克先生。还有,布鲁克先生,他从福德那儿什么都没享用到,除了他的脏衣服筐,他的短棒,外加二十镑金币,这笔钱非付清布鲁克先生不可。他那几匹马已被依法扣押,布鲁克先生。
福德夫人	约翰爵士,咱俩厄运当头,永无艳遇④。以后再不把您当成我的情人,却会一直把您算作我的鹿。
福斯塔夫	我终于开始觉察,把我弄成了一头驴。

---

① 原文为"How like you Windsor wives"。朱生豪译为:"您现在喜不喜欢温莎的娘儿们?"梁实秋译为:"你现在可还喜欢温莎的女人吗?"彭镜禧译为:"您觉得温莎的女人如何?"
② 牛轭(yokes):福斯塔夫头上两只鹿角形状的犄角像套在牛脖子上的轭。
③ 意即鹿角本该留在森林里,干吗非要拿到城里去象征戴绿帽子的男人?
④ 原文为"we have had ill luck, we could never meet"。朱生豪译为:"只怪我们运气不好,没有缘分,总是好事多磨。"梁实秋译为:"我们运气不好;我们永远不得相会。"彭镜禧译为:"咱俩运气不好,总是没法子在一块儿。"

福德	对,也是一头牛。两样儿证据①明摆着。
福斯塔夫	这些都不是精灵?有三四回我想过,他们不是精灵。但心灵的罪恶感,加上我的官能被猛然一击,使我把粗劣的骗术变成公认的信念,竟不顾一切有头有脑的理由,相信他们是精灵。②现在瞧见了,一旦用错脑子,机智竟能变成四旬斋期间街头的杰克小鬼头!③
埃文斯	(摘下面具。)约翰·福斯塔夫爵士,供奉桑帝,丢弃欲念,精灵们就不会夹您了④。

---

① 两样儿证据(both the proofs):福德调侃福斯塔夫的角证明他既是笨牛,又是蠢驴。原文为"Ay, and an ox too. Both the proofs are extant"。朱生豪译为:"岂止蠢驴,还是笨牛呢,这都是一目了然的事。"梁实秋译为:"是的,也可以说是笨牛;这角便是证明。"彭镜禧译为:"没错,也是一头牛呢。两样的证据都还在。"

② 此句原文为"and yet the guiltiness of my mind, the sudden surprise of my powers, drove the grossness of the foppery into a received belief, in despite of the teeth of all rhyme and reason, that they were fairies"。朱生豪译为:"可是一则因为我做贼心虚,二则因为突如其来的怪事,把我吓昏了头,所以会把这种破绽百出的骗局当作真实,虽然荒谬得不近情理,也会使我深信不疑。"梁实秋译为:"不过我内心有亏,又猛然间吓昏了头,所以荒谬的骗局汇合了固有的迷信,虽然有悖情理,我竟把他们当作小仙了。"彭镜禧译为:"可是我心里的罪恶感,加上神志被这么一突袭,竟对如此粗糙的骗局都深信不疑,违反了一般常识,相信他们是精灵。"

③ 原文为"See now how wit may be made a Jack-a-lent, when 'tis upon ill employment"。朱生豪译为:"可见一个人做了坏事,虽有天大的聪明,也会受人之愚的。"梁实秋译为:"现在你们看看一个聪明人怎样的可以变成为傀儡,如果聪明被误用到错的地方!"彭镜禧译为:"可见聪明也有被聪明误的时候,特别是用来干不良勾当时!"

④ 埃文斯说话有口音,即"供奉上帝,……就不会掐您了"。

福 德	说得好,精灵休牧师①。
埃文斯	我请您,也丢弃猜疑。
福 德	我永不再怀疑夫人,直到有一天,你能用地道英语向她求爱。
福斯塔夫	难道我把脑子放太阳底下晒干了,竟缺乏手段,防不住这场如此低劣的骗局?还要由一只威尔士山羊②骑在身上?我得戴一顶粗呢做的鸡冠帽?③这下,我算让一块烤奶酪给噎住了。④
埃文斯	奶落加楼油⑤可不好。您满肚子楼油。
福斯塔夫	"奶落"和"楼油"!难道我活生生要受这家伙的奚落,他把英语弄成了炸肉末儿!这足以衰退肉欲,叫人不再深夜外出满世界瞎逛。⑥

---

① 精灵休牧师(fairy Hugh):朱生豪译为"休大仙",梁实秋译为"修小仙",彭镜禧译为"埃文斯仙翁"。

② 威尔士山羊(Welsh goat):威尔士盛产山羊,同时埃文斯假扮的是半人半羊的妖怪萨梯。

③ 粗呢(frieze):即威尔士粗呢。鸡冠帽(coxcomb):即宫廷小丑戴的那种鸡冠帽。

④ 原文为"This time I were choked with a piece of toasted cheese"。朱生豪译为:"这么说,我连吃烤过的干酪都会把自己哽住了呢。"梁实秋译为:"我已经到了该被一块烤酪干给噎死的时候了。"彭镜禧译为:"现在看来是烤奶酪噎死我的时候了。"

⑤ 埃文斯口音重,应为"奶酪和牛油"。

⑥ 意即不再深夜外出与妓女厮混。原文为"This is enough to be decay of lust and late-walking through the realm"。朱生豪译为:"罢了罢了,这也算是我贪欢好色的下场。"梁实秋译为:"淫荡放纵到过夜生活的人竟落到这步田地。"彭镜禧译为:"这就足以教人从此不再放荡,不再深夜到处逛花街柳巷了。"

佩奇夫人	哎呀,约翰爵士,您以为,就算我们凭脑袋和双肩,把美德从心底赶出来,毫不顾忌下地狱,就会有魔鬼叫我们看上您①?
福德	什么,一个杂碎布丁?一袋亚麻?
佩奇夫人	一个肿胀的男人?
佩奇	又老、又冷、又干枯,外加满满一肚子肥肠?
福德	还是个像撒旦一样挑拨离间的家伙?②
佩奇	还跟约伯一样穷?③
福德	还跟他老婆一样邪恶?④
埃文斯	还惯于淫乱、泡酒馆,还萨克酒,还葡萄酒,还蜂蜜酒⑤,好酒贪杯,还赌咒发誓,还瞪着

---

① 原文为"though we would have thrust virtue out of our hearts by the head and shoulders, and have given ourselves without scruple to hell, that ever the devil could have made you our delight"。此处,"凭脑袋和双肩"有蛮横之意,意即蛮横地赶走美德。朱生豪译为:"我们虽然愿意把那些三从四德的道理一脚踢得远远的,为了寻欢作乐,甘心死后下地狱;可是什么鬼附在您身上,叫您相信我们会喜欢您呢?"梁实秋译为:"虽然我们心里把什么妇道美德都撇在边,毫不犹豫地敢于舍身下地狱,你以为魔鬼就能使你成为我们的喜爱的对象么?"彭镜禧译为:"就算我们把羞耻之心一股脑儿抛丢了,不顾一切硬是要下地狱,您怎么会以为有哪个魔鬼让我们看上呢?"

② 在《圣经》中,魔鬼撒旦干了两件挑拨离间的事:1.挑拨夏娃偷食禁果(《创世记》);2.挑拨上帝考验约伯的虔敬之心(《约伯记》)。

③ 参见《旧约·约伯记》,受撒旦挑拨,上帝考验约伯,使约伯丧失所有儿子和一切财产。

④ 参见《旧约·约伯记》2:10—11:"妻子对他说:'你到现在还操守忠诚吗?为什么不诅咒上帝,然后去死?'但约伯回答:'你的话说得像个蠢妇人。'"

⑤ 蜂蜜酒(metheglins):一种威尔士蜂蜜酒。

福斯塔夫	好,我是你们的笑柄。你们占优势。我活该倒霉。对这威尔士粗纺呢绒我回不了嘴。② 连蒙昧本身③都来欺负我。随你们怎么处置我。
福德	以圣母马利亚起誓,先生,我们带您回温莎,去见一位布鲁克先生,您骗了他钱,原本打算替他拉皮条。遭了不少罪,除此之外,我想,付清那笔钱,会是一种咬人的刺痛④。
福德夫人	不,丈夫,这算给他的补偿,免掉那笔钱,让我们做朋友⑤。

眼,唠叨、吵闹?①

---

① 原文为"And given to fornications, and to taverns, and sack, and wine, and metheglins, and to drinkings, and swearings, and starings, pribbles and prabbles"。朱生豪译为:"一味花天酒地,玩玩女人,喝喝白酒蜜酒,喝醉酒白瞪着眼睛骂人吵架?"梁实秋译为:"喜欢寻花问柳,迷恋酒店,贪喝白葡萄酒,红葡萄酒,蜜酒,使酒骂座,瞪眼吵架?"彭镜禧译为:"而且还爱玩女人,还爱上酒馆,还白酒,还红酒,还调味加料酒,还爱喝酒,还爱吹胡子瞪眼、吵吵闹闹?"

② 这句原文为"I am dejected. I am not able to answer the Welsh flannel"。朱生豪译为:"算我倒霉落在你们手里,我也懒得跟这头威尔士山羊斗嘴了。"梁实秋译为:"我算是栽筋斗了。我不能和那威尔士侉子顶嘴了。"彭镜禧译为:"我丢人现眼了。对这威尔士廉价粗毛料我都答不上话了。"

③ 蒙昧本身(ignorance itself):即埃文斯。在福斯塔夫眼里,埃文斯是粗俗愚昧的威尔士人。

④ 一种咬人的刺痛(a biting affliction):朱生豪译为"万分心痛",梁实秋译为"一番锐利的苦痛",彭镜禧译为"痛心疾首"。

⑤ 原文为"Forgive that sum, and so we'll all be friends"。朱生豪译为:"那笔钱就算了吧;冤家宜解不宜结,咱们不要逼人太甚。"梁实秋译为:"放弃那笔钱,让我们和好如初。"福德夫人此处这一两联句诗体独白,"牛津版"有,"皇莎版"没有。

福德　　　　好,跟我握手。一切终于宽恕。①

佩奇　　　　高兴起来,骑士。今晚你来我家喝杯热奶酒,眼下我老婆取笑你,到时我要你取笑她。告诉她,斯兰德先生娶走了她女儿。

佩奇夫人　　(旁白。)学者们不那么想。②如果安妮·佩奇是我女儿,这会儿,她已嫁给凯乌斯医生为妻。

(斯兰德上。)

斯兰德　　　噢,嚛!嚛,佩奇岳父!

佩奇　　　　女婿,怎么样?怎么,女婿,事情办妥了?

斯兰德　　　妥了!——我要叫格罗斯特郡的头面人物都知道这事。否则,情愿吊死。啦!

佩奇　　　　知道什么,女婿?

斯兰德　　　我到了伊顿那边,要跟安妮·佩奇小姐结婚,结果是个粗笨的大小子。要不是在教堂里,我早揍他了,不然挨他一顿揍。早知道那不是安妮·佩奇,我何必瞎忙乎!——那是驿站长的一个马童。

佩奇　　　　以我的性命起誓,那是您弄错了。

---

① 一切终于宽恕(all's forgiven at last):朱生豪译为:"过去的事情,以后不要再提啦。"梁实秋译为:"终于宽恕了一切。"此处为"皇莎版"所缺,按"牛津版"。

② 原文为"Doctors doubt that"。此为约定俗成的一句谚语,意即我才不信呐!朱生豪译为:"博士们不会信他的胡说。"梁实秋译为:"有学问的人不这样想。"彭镜禧译为:"去说给大夫听吧。"

斯兰德 这还用您说？把一个男孩儿认成女孩儿，当然错了①。要是跟他结了婚，哪怕穿一身女人衣服，我也不会要他。

佩奇 哎呀，怪您自己笨。我没告诉您，凭衣服认我女儿吗？

斯兰德 我找见穿白衣服的，喊一声"安静"，她喊一声"保密"，跟我和安妮约好的一样，可那不是安妮，只是驿站长的一个马童。（下。）

埃文斯 耶稣！斯兰德先生！您怎能眼见自己跟男孩子结婚？

佩奇 啊，心里难受！我该怎么办？②

佩奇夫人 仁慈的乔治，别生气。早知道您的盘算，我叫女儿换上一身绿③，说真的，现在她和医生在教区牧师家，在那儿结婚了。

（凯乌斯医生上。）

凯乌斯 佩奇小姐在哪儿？上帝做证，我受了骗。我和un garcon④，一个男孩子，un paysan⑤，上帝做证，一个男孩子，结了婚。不是安妮·佩

---

① 佩奇上句"您弄错了"（you took the wrong）的意思是"您没照我说的做"，斯兰德误以为佩奇说他错把一个男孩儿认成了女孩儿。
② 此处埃文斯与佩奇上下两句对白，按"牛津版"翻译，为"皇莎版"所缺。
③ 一身绿："牛津版"作"绿色"（green），"皇莎版"作"白色"（white）。
④ 法文，意即一个男孩子。
⑤ 法文，意即一个农民。

奇。上帝做证,我被骗了。

佩奇夫人　哎呀,您带走的是一身绿吗?

凯乌斯　对,上帝做证,是个男孩子。上帝做证,我要把整个温莎都唤醒。(下。)

福德　这真怪。谁娶了安妮本人?

佩奇　我心里犯疑惑。芬顿先生来了。

(芬顿与安妮·佩奇上。)

佩奇　怎么样,芬顿先生?

安妮　请原谅,仁慈的父亲。——我仁慈的母亲,请原谅。

佩奇　喂,小姐,——您①怎么没趁机跟斯兰德先生走?

佩奇夫人　您为何不跟医生先生走,闺女?

芬顿　你们叫她困惑。听我说出实情。你们要她结婚把脸面丢尽,那儿没有一丝彼此相称的爱情。②真相是:她和我,早已私下订婚,现在牢牢绑在一起,什么也不能拆开我们。她犯下的过错是神圣的,这种欺瞒丧失掉狡诈之名,丧失掉对父母的抗命之名或不

---

① 佩奇夫妇都生女儿的气,在这句和下句中,均故意对女儿用了尊称"您"。

② 原文为"You would have married her most shamefully, / Where there was no proportion held in love"。朱生豪译为:"你们用可耻的手段,想叫她嫁给她所不爱的人。"梁实秋译为:"你们要她嫁给所不爱的人,那将是最不幸的婚姻。"彭镜禧译为:"你们要她丢尽颜面地嫁出去,/嫁给不是两情相悦的人。"

	恭之名①,因为凭这个,她才能回避和避免强迫婚姻带来的,不敬神明、受诅咒的一千个小时②。
福德	(向佩奇夫妇。)别站着愣神,这无药可救。 两情相悦事,上天巧安排。 花钱能买地,妻由命运卖。③
福斯塔夫	(向佩奇夫妇。)我很高兴,虽说你们射杀我的位置特别有利④,箭却都射歪了。
佩奇	好,拿什么补救?——芬顿,愿上天赐你欢乐!——既然避不开,索性来拥抱。

---

① 原文为"And this deceit loses the name of craft, / Of disobedience, or unduteous title"。朱生豪译为:"我们虽然欺骗了你们,却不能说是不正当的诡计,更不能说是忤逆不孝。"梁实秋译为:"这欺骗不能算是狡诈,也不能算是忤逆不孝。"彭镜禧译为:"这种瞒骗算不得诡诈,/算不得抗命或是不孝。"

② 一千个小时(A thousand hours):虚指,意即无尽的时光。原文为"Since therein she doth evitate and shun / A thousand irreligious cursed hours, / Which forced marriage would have brought upon her"。朱生豪译为:"因为她要避免强迫婚姻所造成的无数不幸的日子,只有用这个办法。"梁实秋译为:"因为她的这一举动可以避免强迫婚姻所将给她带来的无数的罪孽的日子。"彭镜禧译为:"因为这一来她可以避免/勉强接受的婚姻带给她/无数不虔不敬的苦日子。"

③ 原文为"In love the heavens themselves do guide the state. / Money buys lands, and wives are sold by fate"。朱生豪译为:"在恋爱的事情上,都是上天亲自安排好的;金钱可以买田地,娶妻只能靠运气。"梁实秋译为:"恋爱的事情自有天意安排:/钱能买田,妻由命运来卖。"彭镜禧译为:"爱情这件事有老天亲自做主。/有钱可买地,娶媳看天意。"

④ 射杀我的位置特别有利(ta'en a special stand to strike at me):狩猎术语,指猎人站在射杀猎物的有利位置。

福斯塔夫　　夜里撒开狗,见鹿追着跑。①
埃文斯　　　我还要在婚礼上跳舞,吃李子呢。②
佩奇夫人　　好,我也不再抱怨。——芬顿先生,愿上天赐你好多好多快乐的日子！——仁慈的丈夫,约翰爵士,还有诸位,咱们各自回家,守在炉火旁,笑谈这场游戏。
福德　　　　就这么办。——约翰爵士,
　　　　　　　您许给布鲁克先生的诺言将兑现;
　　　　　　　因为今夜他与福德夫人同床共眠。

　　　　　　（同下。）

（全剧终）

---

① 意即夜里撒开狗打猎,甭管什么样的鹿,狗一见就紧追不舍。福斯塔夫在此暗讽佩奇夫妇像见鹿就追的狗一样,要把女儿嫁给斯兰德或凯乌斯。
② 此处埃文斯这句台词按"牛津版"翻译,为"皇莎版"所缺。

《温莎的快乐夫人》：
一部为女王而写的"狂想喜剧"

傅光明

从剧名说起。这部戏原名 The Merry Wives of Windsor。朱生豪将其译为《温莎的风流娘儿们》，梁实秋译为《温莎的风流妇人》，其中都有"风流"二字。彭镜禧译为《快乐的温莎巧妇》，彭先生将"Merry"解作"快乐的"。

在此先节外生枝一下。生于奥匈帝国的作曲家弗兰兹·雷哈尔(Franz Lehar，1870—1948)创作的轻歌剧《风流寡妇》(The Merry Widow)(Die lustige Witwe)于1905年12月30日在维也纳剧院首演，轰动一时，其中《风流寡妇圆舞曲》(Merry Widow Waltz)自此风靡欧洲，后传至全球，至今不衰。该曲也叫《快乐的寡妇圆舞曲》或《晚会圆舞曲》。《风流寡妇》堪称20世纪初轻歌剧的代表作，而这首《风流寡妇圆舞曲》乃剧中经典曲目。

或许朱、梁二前辈当初将其译为"风流"，正是受了这首舞曲的影响。不过，仅从剧情来看，莎翁的《温莎的快乐夫人》(下文

《温莎》皆指本剧),写的是一肚子坏水儿的福斯塔夫爵士要勾引温莎镇上的福德夫人和佩奇夫人,结果反被两位忠贞的夫人捉弄。然而,在某种中文特定语境里,"风流"一经与"娘儿们"(尤其"娘们儿")组合,便具有了男权视域下的特定贬义。事实上,这两位夫人一点不风流。不开玩笑地说,此剧叫《温莎的风流福斯塔夫》最为贴切。

莎翁喜剧《温莎》(或《福斯塔夫爵士与温莎的快乐夫人》)于1602年初版,但有人认为该剧写于1597年或更早。剧名中的"温莎"位于英格兰南部伯克郡温莎城堡(Windsor Castle)所在地。尽管该剧在名义上把剧情设定在亨利四世在位时期或亨利五世统治早期,但它并未自诩,剧中呈现的英国中产阶级生活存于伊丽莎白时代之外。该剧塑造的"胖爵士"约翰·福斯塔夫这一角色,是早先出现在《亨利四世》(上下)中的特色人物。它虽不下十次被改编成歌剧,却是莎评家们较少提及的一部戏。

一、写作时间和剧作版本

(一)写作时间

1602年1月18日,该戏在"书业公会"(Stationers Company)注册登记,但具体写作时间不可确知,估计应在1599年春,写在《亨利五世》开笔之前。

有人认为该剧写于更早,但以下两条推测不足为凭。第一条,在该戏第五幕第五场"精灵盛会"一场戏中,假扮仙后的桂克丽夫人在一长段独白中对嘉德骑士座椅做了详细描述:"要用熏香草汁和珍贵的鲜花,/精心擦拭每把嘉德骑士座椅。/每个美丽座位、盾徽,每个头盔顶饰,/都要挂上忠诚的盾徽旗帜,永享祝福！……"第二条，剧中提到的那位日耳曼公爵，似乎暗指福滕贝格公爵腓特烈一世（Frederick Ⅰ），他曾于1592年到访英格兰，1597年入选嘉德骑士。但其勋位座椅最终只在1603年11月6日安装在斯图加特（Stuttgart），并不在温莎城堡。

然而，从1790年埃德蒙·马龙（Edmond Malone）开始，这两个细节引得莎评家们提出该戏乃为嘉德勋章节庆创作、演出。威廉·格林（William Green）认为，当身为"宫务大臣"兼"莎士比亚剧团"赞助人的二世亨斯顿伯爵乔治·卡里（George Carey, 2nd Baron Hunsdon, 1547—1603）于1597年当选为嘉德骑士时，该戏开始动笔。如果是这样，该戏可能于同年4月23日伊丽莎白一世参加嘉德授勋盛宴时首演。

再说一遍，这一"嘉德说"纯属推测！

不过，该戏的写作却与戏剧家约翰·丹尼斯（John Dennis, 1658—1734）和诗人、戏剧家、莎剧编辑者尼古拉斯·罗伊（Nicholas Rowe, 1674—1718）两人的记载相符。

1702年，丹尼斯将莎剧《温莎的快乐夫人》改编成《可笑的勇士》（亦名《约翰·福斯塔夫爵士的风流韵事》）（*The Comical Gallant, or the Amours of Sir John Falstaff*）。他在戏中"开场白"里写："但莎士比亚的戏在十四天内完稿,/ 这么短的时间写得如此精彩,/ 绝非常人所能尝试之伟业。/ 莎士比亚真有天赋才华,/ 没人能在这样短的时间创造此等佳绩。"

在正剧戏文中，又出现了这样的台词："首先声明，我深知这出戏曾得世上最伟大女王之一的赏识……这部喜剧遵王命而写，并得女王指点，而且，女王急于上演该戏，下令十四天内完成。此后,如人们所传,演出现场,女王格外高兴。"十年后,丹尼斯又在其《从三封信论莎士比亚的天才与创作》(*Essay on the Genius and Writings of Shakespeare in Three Letters*, 1712)一书中,将"十四天"缩短为"十天"。

1709年,罗伊在其所编享有"第一现代版"之誉的《莎士比亚戏剧集》(*The Works of William Shakespeare*)中,对丹尼斯笔下的这个故事稍加扩充:"女王对《亨利四世》(上下)中福斯塔夫这一角色极为赞赏,命他续写一戏,演福斯塔夫如何谈情说爱。听说《温莎的快乐夫人》便是在这种情形下写成。奉命编戏,结果如何,该剧便是明证。"

再过一年,这个故事来到作家查尔斯·吉尔顿(Charles Gildon, 1665—1724)笔下,吉尔顿写《评莎士比亚戏剧》(*Remarks on the Plays of Shakespeare*)一文说:"女王命莎士比亚写一出演福斯塔夫谈情说爱的戏,他花十四天就写好了,并在第五幕里让精灵们向温莎城堡中的女王优雅致敬。实乃天才之作,一切编排得那样妥帖,头绪纹丝不乱。"

除此之外,在《亨利四世》(下)中出现却未在《温莎》中出现的人名"奥尔德卡斯尔"(Oldcastle),或也算一条关于莎士比亚在1598年写完《亨利四世》(下)之后开笔写《温莎》的证据。因为福斯塔夫在《亨利四世》中原名为"约翰·奥尔德卡斯尔爵士"。但这位"约翰爵士"不仅在历史上实有其人,还是原始新教"罗拉德派"的殉教者。这使其后人大为光火,去找女王评理,下令删改。因此,《亨利四世》中的"奥尔德卡斯尔爵士"变身为"福斯塔夫爵士"。而在《温莎》剧中,这个人名压根儿没有出现。

回到开头,既然《亨利五世》写于1599年初夏,福斯塔夫死于《亨利五世》中,《温莎》剧必写于《亨利五世》之前。不过,确如梁实秋所说:"这并不能成为证据,莎士比亚如果真是奉命撰述福斯塔夫恋爱之喜剧,他大可使福斯塔夫复活。事实上,恐怕如罗伊之所指陈,莎士比亚奉命写此喜剧,把《亨利五世》稍稍往后推延了。"①

(二)剧作版本

1602年,"书业公会"的注册簿上对《温莎》剧登记如下:

> 1月18日。约翰·巴斯比。西顿先生亲手录入该书版本,书名为《约翰·福斯塔夫爵士与温莎的快乐夫人们一出精彩、愉悦的狂想喜剧》。亚瑟·约翰逊。受约翰·巴斯比之托付印,书名《约翰·福斯塔夫爵士与温莎的快乐夫人们一出精彩、愉悦的狂想喜剧》(*An Excellent and Pleasant Conceited Commedie of Sir John Falstaff and the Merry Wives of Windsor*)。

登记不久,第一四开本由书商亚瑟·约翰逊印行出版,这是一个劣质文本,亦称"第一坏四开本",其标题页如下:

> 一出最精彩、愉悦的狂想喜剧,写约翰·福斯塔夫爵士与温莎的快乐夫人们。剧中杂有多种变化无常且逗趣的

---

① 梁实秋:〈温莎的风流妇人·序〉,《莎士比亚全集》(第一集),中国广播电视出版社,1995年,第182页。

幽默,其他人物有威尔士骑士休牧师、治安官沙洛及其聪明的外甥斯兰德。还有吹牛夸口的旗官皮斯托和下士尼姆。莎士比亚编剧。由荣耀的宫务大臣仆人剧团在女王陛下御前及别处多次上演。剧本由托马斯·克里德尔为亚瑟·约翰逊印刷,预备在其位于鲍尔斯教堂庭院外的书店出售。出版日期1602年。

1619年,该劣质本由著名的印刷商兼出版人威廉·贾加德(William Jaggard, 1568—1623)再版,即第二四开本。对此,梁实秋指出:"两个四开本都含有很多简略和舛误不通之处,因此有人疑心四开本可能是'初稿'的性质,亦可能是利用速记法偷印的。有一点事实不容忽视,即此剧在以后数年中经过几次改动润色,行数逐渐增到几乎一倍,以至于形成了1623年的第一对开本的版本。"①

对这两个四开本的情形,当代莎学家乔纳森·贝特(Jonathan Bate)在为其所编"皇家莎士比亚剧团"《莎士比亚全集》(简称"皇莎版")之《温莎的快乐夫人》所写导言中,做出了更为详尽的解释:"1602年版这一四开本,带有舞台剧'记录本'的印记,长度约有对开本篇幅的一半,文本错误颇多,并于1619年重印。1623年的第一对开本根据'国王剧团'专业抄写员拉尔夫·克兰(Ralph Crane)的抄本排印,不过,无法确定其抄本源自'剧场本',还是作者手稿。

---

① 梁实秋:〈温莎的风流妇人·序〉,《莎士比亚全集》(第一集),中国广播电视出版社,1995年,第180—181页。

"由'四开本'引出对'对开本'中两处重要细节的质疑。第一，福德乔装打扮时所用化名：'四开本'中是'布鲁克'，'对开本'中则为'布鲁姆'。'布鲁克'显然是莎士比亚之初衷，因为它在'福德'（Ford）的字面义上是水的变体，戏里至少呈现出一处液体（liquor，酒）双关语——'只要有酒溢出来，这样的小河（Brooks）我就欢迎。'（第二幕第二场。）'对开本'改成'布鲁姆'，很可能意在避免冒犯一豪门家族，莎士比亚曾在《亨利四世》（上）中因人物名姓招来麻烦，即因考伯汉姆勋爵（Lord Cobham）反对用约翰·奥尔德卡斯尔爵士（Sir John Oldcastle）这个名字，结果，莎士比亚将其改为约翰·福斯塔夫爵士。布鲁克是考伯汉姆的家族姓氏，也许他们会再度干预，或因担心他们干预，便改了名字。我们依照'对开本'采用'布鲁姆'，但在表演中或以还原'布鲁克'为佳，以便使水的笑话发挥效果。毕竟，福斯塔夫没在一个扫帚柜里藏身，而被丢进一条河里。"①

由贝特上述所言做一归纳，并稍做补充，即布鲁克（Brook）之字面原义为"小溪""小河"。"皇莎版"依据第一对开本作"布鲁姆"（Broom），其字面原义为"扫帚"。朱生豪、梁实秋均按"牛津版"译出，朱生豪译为"白罗克"，梁实秋译为"布鲁克"，彭镜禧按"皇莎版"译为"布鲁姆"。笔者之新译本，依然采用"牛津版"，取"布鲁克"。另外，"福德"（Ford）有"浅滩"的字面义。在剧中，福斯塔夫被福德夫人派两个仆人装在洗衣筐里，丢进了泰晤士河浅滩。

---

① *The Merry Wives of Windsor · Introduction*, Joanthan Bate & Eric Rasmussen 编，外语教学与研究出版社，2008年，第105页。

贝特提及的第二问题是关于剧情高潮时出现的衣服颜色的"暗号",在此省略。

总之一句话,1623年第一对开本中的《温莎的快乐夫人》是这部戏最早的权威版本。

二、原型故事有几多

梁实秋在其《温莎的风流妇人》译序中曾说,《温莎》一剧"故事来源不可考,很可能完全是出于莎士比亚的想象。在莎士比亚集中,就布局之独创性而言,此剧仅次于《空爱一场》(《爱的徒劳》)、《仲夏夜梦》(《仲夏夜之梦》)及《暴风雨》"①。

显然,梁前辈凭"故事来源不可考"推断《温莎》是莎翁原创。若此,可否凭这部戏仅在短短14天之内完成做出另一推断:莎翁如不"借"原型,则编不出这部戏?

事实上,只要对素材来源做一番挖掘、梳理便不难发现,像其他莎剧一样,《温莎》同样是莎士比亚凭其善"借"原型故事的天才技能编排出来的,并无例外。还是那句话:莎士比亚是一位编剧圣手,而非原创性的戏剧诗人!这不是贬低莎翁,而是让莎翁归位,归到伊丽莎白时代伦敦戏剧生态中的原位:他既是剧团的签约作家,又是剧团的大股东之一,编戏为剧场多卖座儿,自己挣大钱,买房子置地过舒坦日子,绝不为传之后世而不朽。莎剧之不朽,恰如他在《亨利六世》(上)里塑造的"圣少女琼安"(Joan La Pucelle)一样,属于后世封圣。请注意,在莎剧中,这位

---

① 梁实秋:〈温莎的风流妇人·序〉,《莎士比亚全集》(第一集),中国广播电视出版社,1995年,第182页。

名叫"琼安"的牧羊女,是英国远征军眼里的"女巫",是法军眼里精通巫术、抗击英军的"圣少女",而不是"圣女贞德"(Joan of Arc)。"圣女贞德"这一圣号,是罗马教会在1920年追授的。简言之,这种后世封圣也正是莎剧的经典化过程。有意思的是,莎剧在维多利亚女王时代被英国人奉为至尊经典,比"圣女贞德"获罗马封圣早了约半个世纪。

不过,在所有莎剧中,《温莎》除了以14天时间勇夺编戏速度桂冠之外,它还占了另一个唯一:唯一一部都市喜剧(citizen comedy)。

接下来,看看《温莎》的"原型故事"有哪几个。

①14世纪佛罗伦萨作家塞尔·乔瓦尼·菲奥伦蒂诺(Ser Giovanni Fiorentino)1558年在米兰出版的意大利语短篇小说集《大羊》(*Il Pecorone*)中的一篇小说。"大羊"(big sheep)是意大利语的意思,转义指傻子、笨蛋(simpleton),在英语里相当于"大笨牛"(the dumb ox),即"傻瓜"(the dunce),故后世通译为《傻瓜》,也有人译为《蠢货》。尽管在伊丽莎白时代,此书尚无英译本,但人们对书里的故事大体熟知,尤其被作家、翻译家威廉·佩因特(William Painter, 1540—1595)译成英文,收进其1566年出版的《快乐宫》(*The Palace of Pleasure*)中。莎士比亚对《快乐宫》可谓烂熟于心,他在写《威尼斯商人》时,便从《大羊》中取了材。

《温莎》剧情与佩因特的故事颇有某些相似之处,这个故事讲的是一学生跟一教授学了勾引术之后,把教授妻子当成实习对象来练手。教授怀疑这名学生勾引了他老婆,尾随他回到家中,学生藏在一堆待洗的脏衣物下面得以脱身。第二次,教授用刀刺穿衣物,但这回,学生采用另一种方法脱身。教授遂被老婆的弟弟视为疯子,这位小舅子要姐夫搜出证据以正视听。

在《温莎》剧中,莎士比亚照猫画虎,写福斯塔夫头两次被捉弄:第一次,藏在装脏衣物的洗衣筐中脱身;第二次,醋性大发的福德掏空洗衣筐搜个遍,也没发现福斯塔夫,这一回,福斯塔夫以一身女人装束脱了身。对此,佩奇指责福德瞎胡闹,埃文斯则痛骂福德"像疯狗一样发疯"。

② 用意大利语写作的诗人、作家乔瓦尼·斯特拉帕洛拉(Giovanni Straparola,1480—1557)两卷本短篇小说集《快乐之夜》(The Facetious Nights)(The Pleasant Nights)中的一篇。这篇小说被佩因特加以改编,收进其《快乐宫》第一卷,成为第四十九篇故事。故事讲的是:两位夫人发现有个情郎同时向她俩求爱,于是这两位夫人携手设计,诱惑勾引,捉弄情郎,使之成为笑柄。

在《温莎》剧中,莎士比亚如法炮制,写福斯塔夫自作多情,以为福德夫人和佩奇夫人都对他有那么点儿意思,便同时给两位夫人发出内容只字不差的情书。结果,两位夫人联手设计,捉弄福斯塔夫,使其出尽洋相。

③ 1560年出版的《塔尔顿笑话集,和来自炼狱的消息》(Tarlton's Jests, and News out of Purgatorie)中的《比萨的两个情人的故事》(Tale of the Two Lovers of Pisa)。这篇故事讲的是:阴差阳错之中,情郎把幽会的计划告诉了情妇满心嫉妒的丈夫。

在《温莎》剧中,莎士比亚依葫芦画瓢,写福斯塔夫把与福德夫人幽会的计划事先告诉了"布鲁克",可他岂能料到,这位主动上门的"布鲁克"正是福德乔装打扮的。

理查·塔尔顿（Richard Tarlton, ？—1588），伊丽莎白时代著名丑角演员，莎士比亚对他丝毫不陌生。

④英国作家、军人巴纳比·里奇（Barnabe Riche, 1540—1617）于1581年出版的他那本最广为人知的散文故事《里奇告别军职》（*Riche his Farewell to Military Profession*）里的一篇，以及其于同年出版的另一作品《两兄弟及其二位夫人》（*Of Two Brethren and Their Wives*）。《温莎》剧中有多处情节与此相似。

⑤英格兰民间关于"猎人赫恩"的传说，以及古罗马诗人奥维德（Ovid, 前43—17）《变形记》（*Metamorphoses*）中"亚克托安"的故事。

在《温莎》剧第五幕第五场，第三次捉弄福斯塔夫那场大戏，发生在温莎公园里的"赫恩橡树"附近。莎士比亚让福斯塔夫头戴两只大鹿角在"赫恩橡树"附近惨遭众人耍弄，应源于此。

赫恩是传说中的猎人，死后阴魂不散，其幽灵常在深更半夜来到离温莎堡（王宫）不远的一棵橡树附近徘徊，手里摇着一根铁链"哗哗"作响。这棵被称为"赫恩橡树"的橡树，1863年毁于雷电，树龄超过600年。亚克托安（旧译阿克泰翁）是古希腊神话中的年轻猎人，因无意中窥见月神阿尔忒弥斯沐浴，被月神变成一头牡鹿，遭自己的猎狗追逐、咬死。

⑥诗人、剧作家约翰·利利（John Lyly, 1553—1606）的《恩底弥翁，月亮里的人》（*Endymion, the Man in the Moon*）。

在古希腊神话中，恩底弥翁是个英俊潇洒的牧羊人，住在小亚细亚拉特摩斯山（Mount Latmus）一处幽静的山谷中，优哉度日。有时，羊群在茂盛的草地上吃草，他便安然入睡，世间的烦忧悲苦仿佛不存在似的。一个皎月的夜晚，月亮女神塞勒涅（Selene）驾马车穿越天空，一眼瞥见酣睡的恩底弥翁，春心荡漾，顿生爱慕。她从马车上飞临而下，匆忙却深情地偷吻了一下他的脸。恩底弥翁于睡梦中睁开眼，见仙女下凡，竟一时魂不守舍。但眼前的一切转瞬即逝，他以为是幻觉。从此，每当夜幕降临，塞勒涅都从空中翩然而下，偷吻酣梦中的牧羊人。然而，女神偶尔一次失职，引起了主神宙斯（Zeus）的注意。众神之王决定永远清除人间对女神的诱惑。他命恩底弥翁做出抉择：要么死，要么在永远的梦幻中青春永驻。牧羊人选择了后者。（另一说法是，塞勒涅请宙斯开恩，允准恩底弥翁以永恒的青春容颜长眠拉特摩斯山。）此后，每个夜晚，月亮女神心怀悲伤去看望他，亲吻他。

在《温莎》剧中，莎士比亚写众人身着各色衣服，假扮"精灵"羞辱福斯塔夫，对他又掐又拧，这些细节直接取自这部《恩底弥翁，月亮里的人》。

⑦意大利的滑稽喜剧《嫉妒的喜剧》（*The Gelyous Comodey*）。

菲利普·亨斯洛（Philip Henslowe，1550—1616）的《亨斯洛日记》（*Henslowe's Diary*）是关于当时全伦敦戏剧情形最重要的史料之一，在其所记"玫瑰剧场"演出剧目中，1593年1月5日由"海军大臣剧团"（Admiral's Men）和"斯特兰奇勋爵剧团"（Lord Strange's Men）联合上演了一出"新戏"——《嫉妒的喜剧》。

16世纪的意大利滑稽喜剧，剧中角色多为定型人物，其中一类是"书呆子"形象。莎士比亚写于1594年之前的《维罗纳二绅士》中已出现这类人物，由此可知，莎翁对这一滑稽喜剧形式毫不陌生。这类人物多劝诫学生万不可非法恋爱,结果自己反而被人捉奸,当众出丑。

在《温莎》剧中,福斯塔夫的终局正是如此。故而,凭福斯塔夫由《亨利四世》里那个贪酒好色、浪荡胡闹的快活骑士变身为《温莎》剧中的"书呆子",似可推测,《温莎》对《嫉妒的喜剧》做了某种复制。比如,第一幕第三场,在嘉德酒店,福斯塔夫向皮斯托表示:"我要向福德的老婆求爱。我看出她对我殷勤,她跟我聊天,她谦恭大方,她斜眼瞟我。我能领会她惯常的语气手势,还有那举止上最严厉的表情——翻译成恰当的语言,——就是,'我属于约翰·福斯塔夫爵士'。"皮斯托则向尼姆点评道:"他研究过她的癖好,还把她的癖好,——出于贞洁,译成了英语。"

简言之,《温莎》剧中这个充满"书呆子"气的福斯塔夫,与《亨利四世》里那个浑身酒气、活力无限的福斯塔夫,似乎不是同一个"约翰爵士"。诚然,从写戏角度来说,这对于莎士比亚并不重要,因为他只在乎怎么尽快把戏编出来,既能交付王命,又能讨女王欢心。莎翁太难了!

⑧1592年日耳曼福滕贝格和泰克公爵访英,随后多次请求女王授予其嘉德勋位,这是历史上的真事。

在《温莎》剧第四幕第五场,莎士比亚写埃文斯牧师专门跑到嘉德酒店,警告店老板:"热情待客您多留心。我有个朋友来城里告诉我,有三个日耳曼骗子,把雷丁、梅登黑德、科尔布鲁克所有酒店老板的马和钱,全都骗了。"埃文斯前脚刚走,凯乌斯医生随后赶来,再次提醒店老板:"我不懂您的意思。不过有人告诉我,说您准备盛情款待一位雅尔曼的公爵。以我的性仰起誓,宫里没谁知道有啥公爵要来。"

可见,莎士比亚把这一史实分成了"三个日耳曼人偷马"和"日耳曼公爵访英"两段插曲。至于在真实历史中,日耳曼人是否偷了酒店老板的马,我们不得而知。不过,说实话,这"偷马"的剧情与全剧毫无关联。由此不难推想,莎士比亚这样写,只为博观众,尤其朝臣们一笑。一来,福滕贝格公爵的确先于1592年以伯爵头衔访问温莎,在雷丁拜会女王伊丽莎白一世之后,在温莎宫接受款待;二来,这位当时的日耳曼伯爵屡次派特使,请求女王授予他嘉德骑士勋位。但直到1597年4月23日,在福滕贝格公爵并未亲自列席的情形下,女王才授予他嘉德勋位。

在此必须交代一句,4月23日是"嘉德骑士授勋日"。回望历史,早在1348年,英王爱德华三世(Edward Ⅲ,1312—1377)特意选在英格兰"守护神圣乔治"纪念日这一天,宣布成立"嘉德骑士团"(Knights of the Garter)。如此,另一个推断便显得极为合理,即《温莎》一剧的首演提前定在4月23日"嘉德授勋日",莎士比亚把"偷马"与"日耳曼公爵访英"插入戏中,则可为整部戏多添加一些喜剧笑料。更何况令莎士比亚仰慕的同龄诗人、剧作家克里斯托弗·马洛早在其成名剧《浮士德博士》中写过类似剧情,而莎士比亚从来不吝惜从马洛那儿"借债"。

总之,上述这些"原型故事"为莎士比亚提供了编《温莎》剧的源头,有如此这般泉涌的活水,莎翁花14天编一部戏,如同探囊取物。同时,亦可见出,《温莎》剧并未超越其他莎剧,具有一种特定的文学背景。或可以说,它源于女王陛下的指令,源于一种对英国历史某一时段业已产生创造性影响的思想,在某种意义上,这种思想与伊丽莎白时期及之前的历史相关联。这大概正是人们常说的,尽管《温莎》剧运用了亨利五世统治时期的正式术语,但它为当下伊丽莎白时代的生活绘制了一幅画卷。照此,它当然反映出那个时代人们论及婚姻不忠问题的态度、观点,以及流行于街头巷尾的故事,而且,只要用心,必能在该剧与上述"原型故事"及其他涉及这些共同主题领域的当下作品之间,不无频繁地发现相似之处。①否则,便会想当然地误以为,莎士比亚依据多个"原型"编排的这部《温莎》剧是原创剧。

三、受尽"快乐夫人"耍弄的"风流"福斯塔夫

(一)闹戏编排:此福斯塔夫非彼福斯塔夫

《温莎的快乐夫人》是一部娱乐性的闹戏,戏中的这个福斯塔夫与《亨利四世》(上下)剧中的那个福斯塔夫绝非一人,仅名字相同而已。单从剧情来看,那个有趣好玩儿的福斯塔夫,已在《亨利五世》剧中忧郁而死。这个福斯塔夫是莎士比亚受女王之命,硬生生令其艺术地在《温莎》剧中复活的。凡没读过《亨利四世》,从未领教过那个"幽默"的"约翰爵士"之风采神韵的读者,或许会天真地以为,这个遭两位快乐夫人耍弄的"愚笨"的"约翰爵士"是莎士比亚的匠心独运。

非也!理由很简单,只要将前述莎士比亚写《温莎》剧时的诸多原型故事稍做梳理,即能明白,其独运的匠心仅在于编出一

---

① 参见 *The Merry Wives of Windsor·Introduction*, Edited by David Crane, 第5—6页。

个完整的剧情故事,且让它富有戏剧性,大体说来,它是上文八个故事的大杂烩。换言之,若没有这些原型故事为莎士比亚打好底子,他不可能在14天之内"急就"出一部戏来,反过来说,《温莎》剧又再好不过地折射出,莎士比亚是一位旷世的天才编剧,他完全不在乎是否能再次塑造出那个福斯塔夫,而只在意能否在尽可能短的时间内,编出一部用这个福斯塔夫讨女王欢心的闹戏。

由此,便能理解英国著名批评家威廉·哈兹里特(William Hazlitt, 1778—1830)在其《莎士比亚戏剧人物论》(Characters of Shakespeare's Plays, 1817)里所指出的:"《温莎的快乐夫人》无疑是一部很能带来娱乐的戏,其中满是幽默及各式性格的人物。倘若由其他人,而不是福斯塔夫来做主人公,我们会更喜欢它;倘若莎士比亚不是奉命写一出这位骑士谈情说爱的戏,那我们更该满意。很大程度上,才子和哲学家在这个人物身上无能为力,但约翰爵士本人得胜而归。有许多人抱怨,堂吉诃德在其经历的种种冒险中蒙羞受辱很不应该。但与福斯塔夫明显自作自受的倒霉相比,堂吉诃德所遭的无意侮辱算得了什么?……《温莎的快乐夫人》中的福斯塔夫已不再是《亨利四世》(上下)篇里的他,他身上的机智和口才荡然无存。他不再是那个把别人弄成笑柄之人,而反被别人弄成笑柄。"[①]

事实上,"此福斯塔夫非彼福斯塔夫"早已成为英语学界的常识。爱尔兰裔美国作家、记者弗兰克·哈里斯(Frank Harris,

---

[①] 张泗洋主编:《莎士比亚大辞典》,商务印书馆,2001年,第691—692页。

1856—1931)早在其《莎士比亚其人及其悲剧人生故事》(*The Man Shakespeare and His Tragic Life Story*, 1909)一书中说:"不仅可爱的'幽默爵士'变成一个小丑,而且剧中逗乐之处主要来自情境。称其是喜剧还是闹剧,都差不多。出于种种这样的原因,我对这个传说信以为真,即伊丽莎白女王因十分喜欢福斯塔夫这个人物,下令让莎士比亚写一出描绘这位胖爵士谈情说爱的戏。于是,奉了王命的莎士比亚花两星期写成这部《快乐夫人》。剧作家要急忙、并趁女王兴致正高之时赶着写出来,他该怎么办?自然要为剧中人物花费心思,追溯年轻时的鲜活记忆,才能准确构思人物形象,来弥补人物在深度上的不足。这正是《快乐夫人》的显著特征。……若要衡量一下艺术家精心构思的作品与新闻记者急就章之间的差别,只要把《快乐夫人》里的福斯塔夫和《亨利四世》(上下)篇里的福斯塔夫比较一下就够了。但我想,若真相信《快乐夫人》乃奉王命匆匆写成,那从福斯塔夫形象的不够有力及其求爱的不够真实中,能恰当推导出什么结论呢?依我看,倘若福斯塔夫是一种创造物,莎士比亚一定会把他写得更为有力。……这件事的核心是,假如莎士比亚不借助历史或传说,他笔下的人物便显不出丰满、有力,他那些喜剧性人物,如福斯塔夫(《亨利四世》)、托比爵士(《第十二夜》)、道格贝里(《无事生非》)、马利亚(《第十二夜》)、桂克丽夫人(《亨利四世》)和奶妈(《罗密欧与朱丽叶》)等,尽管都是些通过观察塑造出来的人物,但作为艺术品,他们仅次于他单凭自身塑造出来的人物,如罗密欧、哈姆雷特、麦克白、奥西诺(《第十二夜》)和波修摩斯

(《辛柏林》)等"①。

关于《温莎》剧之写作当初是否奉了女王钦命,以及在400多年后的今天应如何艺术地鉴赏该剧,当代莎学家乔纳森·贝特在为其所编"皇家莎士比亚剧团"《莎士比亚全集》(简称"皇莎版")之《温莎的快乐夫人》所写导言中,给予了简短明了的阐述,即甭管女王命莎士比亚写福斯塔夫谈情说爱这一说法是否属实,"但由王室下令让福斯塔夫轮回转世,从酒馆和战场调换到夫人的卧室和放脏衣物的筐,这个主意极具吸引力。无疑,该剧在十八、十九世纪舞台之流行,主要归功于它成了福斯塔夫的一个载体。十九世纪末,该剧经历了另一种变换,由朱塞佩·威尔第(Giuseppe Verdi, 1813—1901)作曲、阿里格·博伊托(Arrigo Boito, 1842—1918)编剧的喜歌剧《福斯塔夫》,可能是所有莎士比亚歌剧中最伟大的一部"。

不难发现,这是一个极为有趣的现象:尽管这个福斯塔夫在形象塑造上如此无力,却十分适合于歌剧艺术。

贝特继续说:"一位名叫菲利普·金(Philip King)的17世纪教育理论家抱怨'从莎士比亚《温莎的快乐夫人》里抽取英国所有妇女的境况'的提法荒谬。17世纪60年代,当时英国女知识分子精英、纽卡斯尔公爵夫人玛格丽特·卡文迪什(Margaret Cavendish, Duchess of Newcastle)单挑出那些夫人们作为强有力的例证,证明莎士比亚有表现女人的天赋:'谁能比他把克里奥佩特拉刻画得更好?'何况他自创了许多女性人物,诸如安妮·佩

---

① 张泗洋主编:《莎士比亚大辞典》,商务印书馆,2001年,第692—693页。

奇、佩奇夫人、福德夫人、医生的女仆、比阿特丽斯、桂克丽夫人、道尔·蒂尔西特,多到难以表述。对此,公爵夫人赞同,金持异议,但显然两位都认同《快乐夫人》是莎士比亚最好的女人戏之一。莎士比亚其他喜剧都是求爱戏,多以婚礼或承诺举行婚礼收尾,《温莎的快乐夫人》则更对机智的妻子如何维系社会感兴趣。它是莎士比亚最接近情景喜剧的一部戏,以家庭为场景,剧中人不断穿门过户。"

在此,由贝特所言可再次强调,《温莎》剧是一部以近乎今天情景喜剧的形式并以快乐的"机智的妻子"为主角的女人戏,而非表现"娘儿们"的"风流"戏。恰如贝特所说:"'快乐夫人'表明女人将在这部戏里占主导,'温莎'则承诺这是一部英国城镇生活的喜剧。这与莎士比亚于16世纪90年代末叶和17世纪初叶,以宫廷、欧洲大陆并常以田园为场景创作的喜剧,形成鲜明对照。莎士比亚并未尝试写一部伦敦生活喜剧,这是那个时代的主要戏剧种类。的确,除了《亨利四世》剧中的(伦敦)东市街(Eastcheap)场景,《温莎》剧最接近这类戏。稍微年轻一些的戏剧家——本·琼森(Ben Jonson,1572—1637)、托马斯·德克尔(Thomas Dekker,1572—1632)和托马斯·米德尔顿(Thomas Middleton,1580—1627)——均长于创作都市喜剧,他们大约在世纪之交登临戏院舞台。

"温莎毕竟不是伦敦。虽说该剧包含几种都市喜剧常见的人物类型,诸如嫉妒成性的丈夫、闺中待嫁的市民的女儿、来自乡村的傻瓜,但其场景更近于地方城镇,而非闹哄哄的大都市。剧作家在埃文河畔斯特拉福德(Stratford-upon-Avon)的生活经历,与其他大多数激发他喜剧灵感的任何一种素材来源相比,对其创作该剧更具有潜移默化的影响。剧中有场戏写一名叫威廉的顽皮男孩接受拉丁文法训练,感觉这是莎剧中最接近自传性回忆的场景。"①

对于"此福斯塔夫非彼福斯塔夫"说得最透辟者,莫过于美国著名文学理论家、"耶鲁学派"批评家哈罗德·布鲁姆(Harold Bloom, 1930—2019)。布鲁姆在其学术名著《莎士比亚:人类的发明》(*Shakespeare: The Invention of the Human*)一书中,有一小节文字谈及《温莎的快乐夫人》,他干脆称这个福斯塔夫是那个"伟大的约翰·福斯塔夫爵士"的"冒牌货":"我先要坚定声明,《温莎的快乐夫人》中的这个'恶棍英雄'(hero-villain),是一个假扮伟大的约翰·福斯塔夫爵士的无名冒牌货。在整个简短讨论中,我将永不屈从于这一篡夺,而称他为'冒牌的福斯塔夫'(pseudo-Falstaff)。"

"莎士比亚为何要让冒牌的福斯塔夫遭受如此无意识的一种撕裂,仍不免使人困惑,真好比一场逗熊游戏,'恋爱中的约翰爵士'就是那头熊。作为一名终身剧作家,莎士比亚总是迅速屈从于精明的赞助人、政府审查官和皇室,窝藏在他内心深处的焦虑愤恨则极少获准表达。他知道厄尔辛厄姆神秘的特工部暗杀了克里斯托弗·马洛,把托马斯·基德折磨得过早去世。哈姆雷特仰面而亡,可以说,进入一种超越,这并不适用于莎士比亚,哈姆雷特之死当然并非一个凡人之死,而真实的福斯塔夫死在床

---

① [英]乔纳森·贝特:《莎士比亚全集·导论》,外语教学与研究出版社,2008年,第102—103页。

上,手里玩儿着花,对着手指尖微笑,显然正在赞美自己置身于敌人为他准备好的一桌酒菜。莎士比亚自己死时的情状或方式,我们无从知晓。不过,他身上的有些事,或许可从真正的福斯塔夫身上加以认定,福斯塔夫拒绝了他最爱的地方,而且,孤独的,像这位十四行诗人一样,可能担心进一步蒙羞受辱。我得做个结论,莎士比亚凭借在这部虚弱的戏里让冒牌的福斯塔夫成为自己的替罪羊,躲避个人恐惧。"①

布鲁姆得出的这个结论实在有意思,他认定莎士比亚自己瞧不上这部戏里几乎完全没有了那个真正的福斯塔夫气息的急就章闹剧,同时,他又那么理解莎士比亚,因实在不情愿写这样一部"虚弱的戏",抗不过王命,万般无奈之下,只好拿冒牌的福斯塔夫给自己当替罪羊。

(二)风流真相:福斯塔夫受尽耍弄自取其辱

英国著名学者 E. K. 钱伯斯爵士(Sir Edmund Chambers, 1866—1953)在其《莎士比亚:一项调查》(*Shakespeare: A Survey*, 1925)中指出:"《快乐夫人》……结构精妙,如阐释者够格,也能使剧情以惊人的活力向前推进。在现代舞台上,该剧往往受累于精美的舞台布景,从而延缓剧情迅速推进,可这正是闹剧的本质特征。但很显然,莎士比亚不应为此负责,那至关重要的两场戏——洗衣筐在其中发挥出非凡作用——完全取得了行动的活泼性。很遗憾,许多伊丽莎白时代的喜剧都缺了这种活泼性,它们往往凭借言辞打嘴仗。家庭阴谋的复杂性几乎使该剧成为一

---

① Harold Bloom, *Shakespeare: The Invention of the Human*, The Berkley Publishing Group, p.p.315—318.

出现代意义上的闹剧,不过,它比较准确地符合这类观念较旧的形式,这类形式曾在15世纪的法国风行一时。倘若乐意,尽可以把这种闹剧定义为带表演性的韵文故事。单就韵文故事而论,《快乐夫人》堪称英文里最优秀的代表,恰如杰弗里·乔叟(Geoffrey Chaucer, 1343—1400)的《磨坊主的故事》和《巴斯夫人的故事》是英文叙事韵文故事中最优秀的代表一样。"①

然而,对于英语非母语的中文读者来说,要领略剧中"韵文故事"之神韵,难免因语言障碍大打折扣。不过,21世纪的读者,倒更可从现代意义上来体味其闹剧的活泼性。即便从语言上,也已能透过译本注释,咂摸到"表演性的韵文故事"的滋味,其实,不如干脆说是莎士比亚惯于玩耍的语言游戏。毕竟,无论朱译本还是梁译本,最初均出于对翻译中语言或文化上的不可译性之考虑,把这个层面回避掉了。这使朱、梁两个译本的读者,长期以来未能从语言游戏的戏剧化角度,欣赏到这部喜闹剧市井化鲜活有趣的一面。对此遗憾,彭镜禧译本做了有益的试验。此番新译,笔者又做了一轮新尝试。

在此,先来看乔纳森·贝特的论析:"温莎并非一般英国城市,城堡和王室公园使其成为君主政体的同义词。剧尾发生在公园的夜场戏里,桂克丽夫人扮演仙后的角色向伊丽莎白女王献上一个幸运的符咒,而在此之前几年,诗人埃德蒙·斯宾塞(Edmund Spenser, 1552—1599)曾假托英格兰的《仙后》之名,使女王流芳后世。鉴于其王室背景且与历史剧密切相关,加之这

---

① 张泗洋主编:《莎士比亚大辞典》,商务印书馆,2001年,第693页。

是莎士比亚唯一带有英国背景的喜剧这一事实,《快乐夫人》对'英格兰特质'(Englishness)的问题感兴趣在所难免。该剧对荣誉与欺瞒、真假骑士及上流阶层本性的喜剧化处理,以一种新色调对《亨利四世》剧中的某些内容重新做出明确表达,但对国家认同最持续的探究则发生在语言层面。"

然后,在此举出三个莎士比亚凭语言游戏平添喜剧妙趣的典型例子。

第一个例子,第一幕第一场。开场不久,温莎镇乡村治安官沙洛向埃文斯牧师表示,要将福斯塔夫及其一伙儿流氓跟班告上"星法院",而埃文斯希望通过向沙洛的外甥斯兰德提亲,娶安妮·佩奇为妻,为双方化解矛盾。埃文斯是威尔士人,英语读音不准,"d""t"不分,"v""f"不分,把"God"(上帝)说成"Got"(桑帝);把"advisements"(考虑)说成"vizaments"(考漏);把"brain"(脑子)说成"prain"(老子);把"very person"(难找那么一位)说成"fery person"(懒找辣么一位);把"good gifts"(天资)说成"goot gifts"(天支);把"beat"(敲)说成"peat"(撬);把"God bless"(上帝保佑)说成"Got pless"(桑帝保六),等等。这是莎翁以语言激活喜剧的拿手好戏!请注意,若不从中文语境出发翻译谐音并加注释,实难领略到横生之妙趣。

第二个例子,第一幕第四场。凯乌斯医生家。凯乌斯第一次出场露面。凯乌斯是法国人,不要说发音,连整句英文都说不利落,说话时英文、法文混杂,用词常不能达意。此处剧情是,凯乌斯的女仆桂克丽把斯兰德的仆人辛普尔藏在内室,原来,辛普尔受埃文斯所派来凯乌斯家,为的是请桂克丽替斯兰德提亲娶安妮,而凯乌斯也想把安妮·佩奇娶到手。由此,凯乌斯大怒,当即写下挑战书,要同埃文斯决斗。这是戏剧结构的又一条副线,即剧中除了福斯塔夫同时求爱福德和佩奇两位夫人这一主线,还有斯兰德与凯乌斯同时追求安妮·佩奇这条副线,而语言上的热闹,更为剧中两处情场闹剧添了彩。请注意:此处若不按中文谐音译出并以注释呈现语言游戏之妙趣,喜剧效果势必下跌。

第三个例子,第二幕第一场。佩奇夫人收到福斯塔夫的情书,怒不可遏:"这是怎样一个犹太的希律!——啊,邪恶的、邪恶的世界!一个上了岁数快把自己耗死的家伙,竟扮成一个纨绔子弟?这个佛兰德酒鬼,到底怎么——凭魔鬼之名——从我谈话中挑出轻浮的举止,竟敢如此试探我?哼,总共没见过三次面!"随后福德夫人明确表态:"我该怎么报复他?我想最好的办法是叫他满怀希望,直到邪恶的欲火把他在自己的肥油里熔化。"佩奇夫人不再顾虑,拿出自己那封信。请注意,此处的语言游戏变成了两位夫人暗含性意味的双关语竞赛,若不凭借注释跟进,个中妙处,万难领会。

剧情至此,两位夫人商定,要联手耍弄福斯塔夫。读过全剧便不难明白,莎士比亚编《温莎》剧,到这时,已完全搭建起《快乐夫人》的喜剧结构。其实,说来并不复杂,凭莎士比亚绝顶聪明的编剧大脑,轻易地即可从那一套"大杂烩"原型故事中提取出《温莎》故事:一条主线,即福斯塔夫同时爱上两位夫人,反遭耍弄、蒙羞受辱的故事;多条副线及插曲,即两个丈夫(一个坚信妻子贞洁、一个猜忌嫉妒)及其夫人的故事,斯兰德与凯乌斯同时追求安妮·佩奇的故事,福斯塔夫向假扮成布鲁克的"吃醋丈夫"

福德提前透露跟福德夫人"幽会计划"的故事,福斯塔夫扮成"猎人赫恩"、头戴犄角、遭"精灵们"百般羞辱的故事,埃文斯与凯乌斯决斗的故事,三个日耳曼人骗走嘉德酒店老板马匹的故事,芬顿与安妮·佩奇相爱、最后成婚的故事。如此,也不难理解,为何耍弄福斯塔夫的主线大戏在《温莎》全剧五幕共二十三场戏里,只有三场(第三幕第三场,第四幕第二场,第五幕第五场)。理由很简单,套用布鲁姆的话说,莎士比亚在这个冒牌的福斯塔夫身上,实在榨不出多少油水,只能凭一连串副线故事与耍贫斗嘴的语言游戏撑起这部"欢乐"喜剧。

著名莎学家多佛·威尔逊(Dover Wilson,1881—1969)在其《莎士比亚的快乐喜剧》(*Shakespeare's Happy Comedies*,1962)一书中说:"伯格森(Henri Bergson,1859—1941)把喜剧定义为以人物名义从事的社会批评,这些人物对社会习俗及交际显出'极不善于适应'。莎士比亚喜剧,从其人物观点来看,的确是对社会本身及习俗的一种批评,这些人因为缺乏智慧、教育或适应性,或由于他们是像夏洛克一样的社会弃儿,未能被接纳为社会正式成员。这种喜剧实际上更与陀思妥耶夫斯基的小说(如《白痴》)类似,而非莫里哀或易卜生的戏剧,原因则在于喜剧的确含有悲剧意味。但就《快乐夫人》来说,里面没有什么悲剧性的东西。福德先生的嫉妒心,只不过给剧中增添了点严肃劲儿,可这除了他本人,谁也不会严肃对待。与欢快的《爱的徒劳》相比,该剧结尾没出现任何死亡的使者,从而把欢快气氛变严肃,甚至从头至尾都令人开心,恰如剧名所示,全然一片欢乐。"①

不过,实在不能小瞧福德先生的嫉妒心!单从结构来看,若没有福德先生猜忌福德夫人红杏出墙,若没有福德先生假扮布鲁克蒙骗福斯塔夫,便不会有捉弄福斯塔夫的三场大戏上演。换言之,莎士比亚以福德先生的嫉妒心激活了福斯塔夫的风流戏。说到福斯塔夫的形象塑造,丝毫不复杂,完全可以用中文里以"自"打头的四个成语来概括:自私自利,贪图钱财遭报应;自作多情,一厢情愿单相思;自作聪明,死不悔改受骗上当;自作自受,蒙羞受辱活该倒霉。整个剧情也是照此设计编排,恰如德国史学家、文学批评家格奥尔格·吉尔维努斯(Georg G. Gervinus,1805—1871)在其四卷本《莎士比亚》(*Shakespeare*,1849—1852)中论及《温莎的快乐夫人》时说:"整部戏突出的是诚实的恶作剧,这与福斯塔夫的恶作剧形成鲜明对照。……这种简单、诚实的恶作剧赢得对狡猾和自作聪明的压倒性胜利。自作聪明单相思导致自取其辱,即便淳朴之人,有这种单相思也难免吃苦头,因为自作聪明的狡猾太低估了对手。可以把这些话看作该剧的灵魂。"②

最后,多少分析一下剧中的这个福斯塔夫。一来,无论如何,即便打造一个冒牌货,也需要技巧;二来,不对他点评一二,有失公允。

1. 自私自利,贪图钱财遭报应

在《亨利四世》剧中,巴道夫、皮斯托和尼姆成天跟福斯塔夫

---

① 张泗洋主编:《莎士比亚大辞典》,商务印书馆,2001年,第693—694页。
② 张泗洋主编:《莎士比亚大辞典》,商务印书馆,2001年,第692页。

混在一起，既是跑腿儿的跟班，又是花天酒地的铁哥们儿。福斯塔夫有哈尔王子撑腰，也从不为钱发愁。而在《温莎》剧中，第一幕第三场，福斯塔夫嫌住在嘉德酒店花销太大，先将巴道夫解雇，后又将拒绝替他给两位夫人送情书的皮斯托、尼姆开除，丝毫不念旧情。皮斯托和尼姆为报复福斯塔夫，决定将福斯塔夫的偷情计划透露给福德先生。由这个设计，才引出福德先生假扮的布鲁克与福斯塔夫之间的好戏，终使福斯塔夫遭了报应。此外，福斯塔夫打算同时向两位夫人求爱，他当然哪个也不爱，他只惦记打着爱的幌子私吞掉两位夫人的钱财："我要做她们两人的财务官，要她俩做我的金库。她们将变成我的东西两印度，我跟她们俩都做买卖。"

2. 自作多情，一厢情愿单相思

人们对《温莎》剧中福斯塔夫性格不真实的质疑，来自他自作多情的理由。说穿了，莎士比亚执意让他如此，不需要任何理由。所以，第一幕第三场嘉德酒店一场戏，福斯塔夫直接向皮斯托自夸海口："我要向福德的老婆求爱，我看出她对我殷勤，她跟我聊天，她谦恭大方，她斜眼瞟我。我能领会她惯常的语气手势，还有那举止上最严厉的表情——翻译成恰当的语言，——就是，'我属于约翰·福斯塔夫爵士'。"同时，他认定"佩奇的老婆，她刚才也向我递眼色，用顶敏锐的媚眼打量我全身。她的目光忽而在我脚上镀金，忽而又瞄一下我的大胖肚子"。于是，福斯塔夫在开除皮斯托和尼姆之后，命侍童罗宾将两封一模一样的求爱信给两位夫人送去。由这个设计，便自然引出两位忠贞的夫人在第三幕第三场和第四幕第二场联手上演的捉弄福斯塔夫的两场大戏。

3. 自作聪明，死不悔改受骗上当

从整个剧情来说，如果福斯塔夫不乖乖钻进两位夫人预设的圈套，便无戏可演。于是，莎士比亚安排福斯塔夫轻易上当，第二幕第二场，桂克丽来到嘉德酒店，替两位夫人捎话："以圣母马利亚起誓，她（福德夫人）收到您的信了，对您一千次感谢。叫我给您带话，十点到十一点之间，她丈夫不在家。"福斯塔夫毫不迟疑，立刻答复："十点到十一点。——妇人，替我问候她，我一定不失约。"不过在此，莎士比亚并未让福斯塔夫因犯了风流花痴病便智商等于零，福斯塔夫耍了个心眼儿，试探着问："但请你告诉我这个，——福德的老婆和佩奇的老婆有没有彼此相告，说她们有多爱我？"桂克丽也不是吃素的，以机敏的回复瞬间打消福斯塔夫的顾虑："那真是笑话！——她们不会这么不懂体面，我希望——那才真是笑话！"随后，福斯塔夫再次自作聪明，叫桂克丽"拿上我的钱袋，把我当你的债务人"。福斯塔夫自觉用钱将桂克丽搞定之后，随即陷入超级自恋："都说我长得太胖，只要胖得潇洒，那无关紧要。"这个细节注定了福斯塔夫对桂克丽深信不疑，也使福斯塔夫的轻信变得合理。第三幕第五场，当桂克丽第二次来到酒店，蒙骗福斯塔夫前去幽会："她（福德夫人）很伤心，……她丈夫今天早晨出去打鸟，她希望八到九点之间，您再去她那儿一趟。我必须赶紧把她的话带来。她会补偿您的。"福斯塔夫毫不怀疑。第五幕第一场，当桂克丽第三次来到酒店，约福斯塔夫扮成"猎人赫恩"的样子，头戴两只大犄角，午夜时分去温莎公园的赫恩橡树附近幽会，他依然不加怀疑，"我一定赴约。这是第三回。我希望好运出在单数上。去吧,去。据说单数上有神力,甭管诞生、机缘或死亡。"最终聪明反被聪明误,自取其辱。

4. 自作自受,蒙羞受辱活该倒霉

全剧对福斯塔夫的捉弄大戏共三场:第三幕第三场,第四幕第二场,第五幕第五场。头两场是两位夫人联手设计,最后一场则是除福斯塔夫之外的所有剧中人物全体参与,剧情在对福斯塔夫的羞辱狂欢之中达到高潮。

第三幕第三场,福斯塔夫如约来到福德家,与福德夫人幽会。他用甜言蜜语对福德夫人编织着情爱的"韵文故事":"我不会哄人,说你这样、那样,像那些说话嗲声嗲气的稚嫩侍臣,像那些身穿男装的女人,浑身一股仲夏时节巴克斯伯里的气味。我做不到。但我爱你。除了你谁也不爱。——你最值得我爱。"不一会儿,佩奇夫人赶来报信,说福德"带了温莎所有治安官",要来家里"搜寻一个绅士"。两位夫人按事先计划好的,让福斯塔夫钻进装脏衣物的洗衣筐,由两名仆人扛着,骗过迎面走来的福德,连人带筐扔进泰晤士河。用福斯塔夫自己的话来描述,那是"一个装脏衣物的筐!——把我和那些脏衬衫、脏罩衫、臭短袜、臭长袜、油腻腻的餐巾一块儿,都硬塞进去。……筐里那股最恶心的混着各种味儿的恶臭,谁的鼻孔受过这个罪!"

要说明一点,两位夫人对福斯塔夫已向福德假扮的布鲁克透露"幽会计划"并不知情。这恰是剧情戏剧性的妙处所在,此处,莎士比亚让天算胜过人算,叫福斯塔夫心甘情愿被迫受辱。

第四幕第二场,福斯塔夫趁福德清晨外出打鸟,再次如约来到福德家,向福德夫人献上肉麻的"韵文故事":"您的悲伤吃光了我的痛苦。我看您对爱情很热诚,我声明,我的回报毫发不差,福德夫人,我不单在爱情上用心,还在与爱情相关的一切服饰、装饰附件和仪式上用力。不过,您确定您丈夫现在不在?"话音刚落,佩奇夫人赶来报信。原来,醋性大发的福德"又要老把戏了",嘴里骂着一切已婚男人,诅咒着"所有夏娃的女儿",带着人非要把家搜个底朝天。两位夫人把躲藏在楼上的福斯塔夫打扮成"布伦特福德的巫婆"。平日里,福德最恨这个老妖婆,一气之下,虽没认出裹着一身女人长袍的福斯塔夫,却用短棒把"她"暴打一顿。

再次说明一点,这回,两位夫人对福斯塔夫已向福德假扮的布鲁克再次透露"幽会计划"仍不知情。这是莎士比亚为剧情做的天算安排。第三幕第五场,福斯塔夫向前来酒店的布鲁克(福德)炫耀他与福德夫人的偷情成果,吹嘘自己上次在被塞进洗衣筐之前,与福德夫人"抱了、吻了、誓言相爱",并允诺这次"最后大功告成,您来享用她。再会。您一定能得到她,布鲁克先生。布鲁克先生,您一定能给福德戴绿帽子"。由这个桥段,莎士比亚让福德先生的醋性达到顶点,并使第二场捉弄福斯塔夫的大戏如期揭幕:"我现在就去捉那色鬼。他在我家里。休想逃走,这回不可能了。看他能爬进一个装半便士的钱袋,还是能爬进一个胡椒盒。但不可能的地方也要搜,我怕那引领他的魔鬼又来帮他。即便躲不开这顶绿帽子,那我也不甘心,甭想叫我顺从。倘若头上长角叫我发疯,就让那句俗语落我头上,——头上长角,疯如狂牛。"故而,莎士比亚能又一次让剧情之天算胜过角色之人算，叫福斯塔夫再度心甘情愿被迫受辱。

第五幕第五场，背景设定在温莎公园"赫恩橡树"附近的这场戏，堪称对福斯塔夫的施虐狂欢，也是全剧的高潮。不过，在第二次捉弄完福斯塔夫，福德夫人将与福斯塔夫"幽会计划"的全部真相和盘托出之后，福德先生深感内疚，表示今后再不凭空胡乱猜忌。而且，大家一致同意再狠狠教训福斯塔夫一顿。第四幕第四场，两位快乐夫人轮流出主意，福德夫人的计策是："叫福斯塔夫装扮成赫恩的样子，头戴两只大犄角，到橡树那儿跟我们见面。"佩奇夫人则早已成竹在胸："我们早想好了，这么办。我女儿安妮·佩奇和我小儿子，加上三四个同样个头的孩子，把他们打扮成小鬼儿、小妖、小精灵，绿的、白的都有，每人头上顶一圈蜡烛，手里拿着摇铃。等福斯塔夫，她，我，仨人一见面，冷不丁的，让他们立刻从一个锯木坑里窜过来，乱唱一通。见此情景，我们俩惊恐万状，飞身逃走。然后让他们整个围住他，像小精灵似的，拧那个龌龊的骑士，问他为什么在精灵狂欢之时，竟敢以亵渎神灵的装扮，踏进这条如此神圣的小路。"福德夫人已预支出捉弄福斯塔夫的快乐，补充说："让这些假冒的精灵狠命拧他，用蜡烛烧他，不说实话没个完。"佩奇夫人不甘落后，又找补道："等他说了实话，咱们全都现身，把这幽灵头上的犄角去掉，然后一路嘲笑，送他回温莎的家。"

至此，关键问题只剩一个，受了两次捉弄的福斯塔夫会第三次上当吗？当然会！莎士比亚不仅早就设计好，叫福斯塔夫不假思索地答应前来酒店捎话的桂克丽一定准时赴约，而且，依然让福斯塔夫第三次把"幽会计划"提前透露给布鲁克先生（福德):"成与不成,事情今夜见分晓。估摸午夜到公园,在赫恩橡树附近,您会看到奇迹。"不过,这一回与前两次唯一的不同是,福德先生不再担心被戴绿帽子,不再恶狠狠地吃老婆的醋,相反,他从容淡定地故意逗福斯塔夫吹嘘上次的风流事:"昨天您没去她那儿,先生?您说早约好了。"福斯塔夫果然掏心掏肺一通海吹:

> 福斯塔夫　　去找她的时候,布鲁克先生,如您所见,我像个可怜的老头儿,从那儿一回来,布鲁克先生,却像个可怜的老太婆。又是那个混蛋福德,她丈夫,身体里有癫狂的嫉妒的魔鬼,布鲁克先生,永远掌控疯狂。——实不相瞒,——他把我暴打一顿,我当时一副女人装扮。要是一副男人本相,布鲁克先生,连手拿一个织工线轴的歌利亚我都不怕,因为我也晓得生命就是一只梭子。抓紧时间。跟我一块儿走,布鲁克先生,我全都告诉您。从我拔鹅毛、逃课、抽陀螺那时候起,直到最近才见识什么叫挨打。跟我来,我把这个混蛋福德的稀奇事儿告诉您。今夜我要报复他,把他老婆交到您手里。跟我来。——稀奇事儿正在发生,布鲁克先生。——跟我来。(同下。)

此处,这个吹牛的福斯塔夫似乎有点儿那个福斯塔夫的味道了。毕竟，写"这个"和"那个"福斯塔夫之人是同一个莎士比亚。甚至不妨瞎猜一下，在全剧即将落幕之时，奉女王陛下之命编戏的莎士比亚自觉可以圆满交差，长舒一口气，从容地为整个闹剧写下精彩结尾。头戴两只大犄角、一身"猎人赫恩"打扮的福斯塔夫登场了：

福斯塔夫　温莎的钟敲了十二下，时间快到了。现在，愿贪淫的众神助我！——记住，周甫，为了欧罗巴，你曾变成一头牛。爱神叫你头生双角。——啊，强大的爱神！有时把一头野兽变成人，有时又把人变成一头野兽。为得到丽达的爱，朱庇特，您还曾变身一只天鹅。——啊，万能的爱神，差点儿把天神的面孔变成一只鹅！——先以野兽的形貌犯罪。——啊，周甫，一桩兽性之罪！然后，又以一只飞禽的形貌犯罪。——想想吧，周甫，一桩可耻之罪！众神一旦贪欲，可怜的凡人该当如何？至于我，我是温莎这儿的一头雄鹿，我想，还是森林里最肥的一只。送我一个凉爽的交配季节，周甫，否则，看谁怪我挥霍脂肪？——谁来了？我的母鹿？

（福德夫人与佩奇夫人上。）

福德夫人　约翰爵士？你在那儿吗，我的鹿？我的公鹿？
福斯塔夫　我的黑尾巴母鹿！——让天空普降番薯雨，

福德夫人	让雷声配上《绿袖子》的旋律，落的冰雹是亲嘴儿糖，下的雪是海刺芹。让一场春情的暴风雨来临，我要在这儿藏身。(拥抱福德夫人。)
福德夫人	佩奇夫人和我一块儿来的，亲爱的。
福斯塔夫	把我像一只偷猎的鹿切开，你俩每人一半屁股。两扇肋骨我自己留着，肩膀的肉送给这片猎场的看守人，两只鹿角传给你们丈夫。我是个猎手，哈？我说话像猎人赫恩？——哎呀，丘比特这回算一个有良心的孩子，他补偿我了。我以幽灵之真身，欢迎二位！(内号角声。)

在此先强调一句，对于最后这场大戏，尤其以上福斯塔夫的两大段独白，若无注释，恐难领略"原味儿莎"意涵之丰富、意蕴之妙趣。

听到号声，两位夫人假装在惊慌中逃走。随后，大家装扮的"众精灵"现身，在歌声中狠狠教训、惩罚因惧怕精灵而匍匐在地的福斯塔夫。终于，福斯塔夫大梦方醒，开始反省、悔过，甘愿向众人服软。福德夫妇原谅了他，"一切终于宽恕"。

总之，从艺术上看，那个在《亨利五世》剧中死去的，在《亨利四世》剧中从不认错、不思悔过、不自认倒霉的"幽默的福斯塔夫爵士"，并未复活，《温莎》剧里这个自觉"活该倒霉"的"风流的约翰爵士"，是假冒的！

2021年2月26日于首师大外院